Fuente Ovejuna

LOPE DE VEGA

FUENTE OVEJUNA

EDICIÓN, INTRODUCCIÓN, NOTAS, COMENTARIOS
Y APÉNDICE

JUAN JOSÉ AMATE BLANCO

Biblioteca Didáctica Anaya

Dirección de la colección: Antonio Basanta Reyes.
Diseño de interiores y cubierta: Antonio Tello.
Dibujos: Javier Serrano Pérez.
Ilustración de cubierta: Javier Serrano Pérez.

Í N D I C E

INTRODUCCIÓN

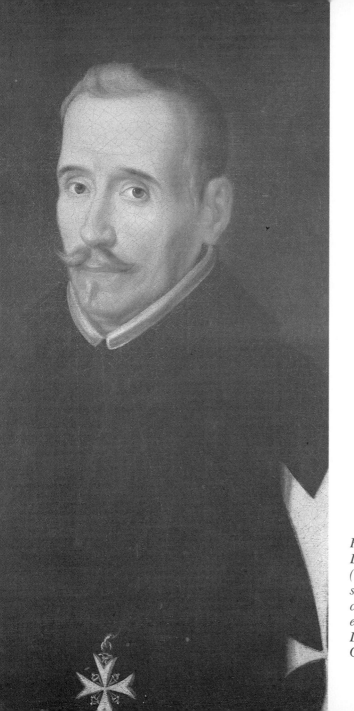

*Retrato de
Lope de Vega
(1562-1635),
según el lienzo
conservado en
el Museo
Lázaro
Galdiano.*

ÉPOCA

Panorama histórico

La vida de Lope de Vega (1562-1635) discurre entre los reinados de Felipe II, Felipe III y Felipe IV, lo que constituye una de las etapas más complejas de la historia de España.

Contaba Lope nueve años cuando tiene lugar la batalla de Lepanto; a los veintiséis se embarca en la Gran Armada que se organizó contra Inglaterra.

En esos diecisiete años que marcaron la juventud del escritor, España pasa de protagonizar «la más alta ocasión que vieron los siglos pasados, los presentes, ni esperan ver los venideros», en frase de Cervantes, a conocer la amargura que supone la pérdida de la Armada, llamada, con ironía despectiva, *Invencible*.

Si en 1582 se había rematado la cúpula de la basílica de El Escorial, en 1591 se vive la rebelión aragonesa como consecuencia de la huida a ese reino del secretario real Antonio Pérez con numerosa documentación secreta que más tarde pasaría a Francia.

Unos años después, los ingleses desembarcan en las costas gaditanas, hecho que motivará el conocido soneto cervantino «A la entrada del duque de Medina en Cádiz.»

En 1598 muere Felipe II, y con la subida al trono de Felipe III se inicia un cambio político realizado por el «valido», conde de Denia —más tarde nombrado duque de Lerma—, quien desmantela todo el aparato administrativo del monarca muerto, para proceder al nombramiento en los puestos claves del Estado de sus familiares, amigos y partidarios, sobre quienes tenía la certeza de poder ejercer absoluta influencia. Este momento histórico es el que recogerá Quevedo en sus *Anales de quince días*.

Felipe III (1598-1621), como su «privado», pertenecía a lo que se ha llamado «generación pacifista del Barroco», debido a su intento de mantener una coexistencia pacífica con el luteranismo a cualquier precio. Se inicia así toda una sucesiva serie de tratados y treguas que supondrán permanentes renuncias; a pesar de ello, se vivirá el periodo de mayor intensidad bélica del Siglo de Oro.

Felipe IV (1621-1665) sufrirá la guerra y separación de Portugal, la sublevación de Cataluña y su intento de anexión a Francia, la pérdida definitiva del Rosellón y la derrota de los tercios españoles en Rocroi, entre otros muchos acontecimientos adversos que culminarán con la paz de Westfalia. Por medio de ella se pone fin a la guerra de los Treinta Años; España reconoce la independencia y soberanía de Holanda, hundiéndose inevitablemente el imperio, y Francia se alza con la supremacía europea. Es el año 1648.

Los ejércitos españoles, con sus triunfos, fueron protagonistas del resurgir del Imperio. (Fragmento de La batalla de San Quintín, fresco de El Escorial.)

Mientras la política corría por estos derroteros, cabe preguntarnos cuáles eran los ideales que presidían la vida española. No eran otros que los surgidos en el Renacimiento: los que constituían la monarquía universal cristiana, idea sobre la que giró el reinado de Carlos I y que se mantuvo, aunque trasformada en el *austracismo* (consideración de la casa de Austria, en sus dos ramas —imperial y española—, como columna de la cristiandad) a lo largo del reinado de Felipe II (1554-1598). Tal es el panorama con el que se inicia el siglo XVII; sólo puede aspirarse a mantener la unidad católica dentro de la casa de Austria, y éste es el proyecto político que se hunde al mediar la centuria.

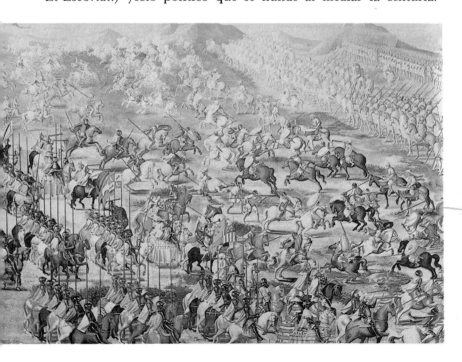

España sigue nombrando virreyes en todos los conti-
nentes; sus naves continúan surcando todos los mares,
pero el agotamiento espiritual, la falta de ilusión por
la entrega a una causa superior que se tiene por noble,
cual era la de sentirse defensora de la universalidad propia del catolicismo y de la paz dentro de la cristiandad, es lo que constituye el más claro exponente de la
decadencia a mediados del XVII.

La etapa que conduce desde el esplendor hasta las vís-
peras de tal situación es la que vivió Lope de Vega.

Panorama social del XVII

En varias ocasiones, por ejemplo en 1609 y en 1618, se
dirigía Felipe III al Consejo de Castilla solicitándole
información sobre los males que aquejaban al reino.
En ambas respuestas se aludió al problema de la des-
población, fundamentalmente en el campo, con lo que
ello suponía de merma de la productividad. La excesiva presión fiscal obligó a muchos labradores a emigrar
para conseguir una mejora económica, y este movimiento social provocaría la existencia de enormes ma-
sas de población sin trabajo en las grandes ciudades,
constituyendo el mundo en el que discurriría la novela picaresca.

En el aspecto político, todos los historiadores suelen
coincidir en destacar el acendrado sentimiento monár-
quico del pueblo español del Siglo de Oro, así como
la asunción de la ideología que la Corona sustentaba.
Incluso entre los pensadores descontentos, como es el
caso de Matías de Novoa —autor de una *Historia del
reinado de Felipe IV,* en la que se expresan el sentimiento de la angustia por los males de España, el dolor por el fracaso de las empresas españolas, la protes-

La gloria de los ejércitos españoles se torna en ruina en el siglo XVII. (Asedio de Aire - Sur - la Lys. Snayers. Museo del Prado.)

ta del conde-duque, del que es enemigo y reniega—, no hallaremos ni una palabra en contra de la monarquía ni de la política universal de España.

Un contemporáneo de Lope, el padre Juan de Mariana, dedica a Felipe III su tratado *Del rey y de la institución real,* en donde se defiende la licitud de «matar a hierro» al rey cuando se convierte en tirano, después de agotar los medios pacíficos para su enmienda y rectificación. Sin embargo, ello no supone poner en tela de juicio la licitud de la autoridad del monarca.

Si esto lo encontramos en lo que podríamos calificar de «literatura de protesta», ¿qué no hallaremos en las obras que coinciden con el sentimiento del poder establecido?

El rey solía vivir en los *sitios reales,* prisionero de una etiqueta complicadísima, de origen borgoñón, instaurada por Carlos I, y rodeado de una corte numerosísima, dedicado a los ejercicios de la caza y a los espectá-

culos teatrales, religiosos o, simplemente, protocola-
rios, en los que el arte barroco encontrará en todo momento un amplísimo cauce expresivo.

La nobleza es netamente cortesana: participa de la ya
mencionada etiqueta, vive en torno al rey, viste con manifiesta ostentación y se ejercita en espectáculos de tipo
caballeresco. Todo ello provocará conflictos políticos
que motivarán peticiones por parte de las instituciones para que los señores vivan en sus dominios y se
pongan limitaciones al lujo, incluso en las prendas de
vestir.

El Ejército es relativamente numeroso, ya que eran muchos y muy distantes los lugares a los que se precisaba
su desplazamiento. La oficialidad solía estar compuesta por los segundones de las casas nobiliarias, y la tro-
pa, por voluntarios que intentaban probar fortuna a
través de su alistamiento. Sin embargo, ya avanzado el
siglo, al necesitarse más hombres para las armas, se re-
currirá a las levas forzosas e, incluso, a la utilización
de penados.

Entre el pueblo se contaba con gran cantidad de píca-
ros, vagabundos, holgazanes y malhechores, consecuencia no tanto del empobrecimiento como de la co-
rrupción de las costumbres y de la ineficacia de la mayor parte de las instituciones políticas. También la literatura nos ofrecerá numerosos testimonios de esta situación, sobre todo a través de la comparación con las
últimas décadas del siglo XVI, en donde los extranjeros
que viajaron por España solían coincidir en destacar
la seguridad en calles y caminos.

Los espectáculos que más atraían a las gentes eran las
representaciones teatrales, las festividades religiosas
(actos del culto, procesiones, autos de fe, etc.) y los jue-
gos de cañas, así como las corridas de toros.

El mundo del arte

A Lope de Vega le corresponde vivir el periodo de mayor intensidad artística de toda la historia de España; no sólo por el número de escritores, pintores, escultores y arquitectos, sino por la categoría de cada uno de ellos.

En literatura, Cervantes vivió entre 1547 y 1616; Mateo Alemán, entre 1547 y 1614; Vicente Espinel, de 1550 a 1624; Góngora, de 1561 a 1627; Quevedo, entre 1580 y 1645; Tirso de Molina, probablemente, de 1579 a 1648; Guillén de Castro vive entre 1569 y 1631; Ruiz de Alarcón, entre 1581 y 1639; Vélez de Guevara, entre 1579 y 1644; Mira de Amescua, de 1577 a 1644; Calderón, de 1600 a 1681; Rojas Zorrilla, de 1607 a 1648. Nos hemos limitado a mencionar tan sólo los nombres más notables, pues ni qué decir tiene que podría ampliarse asombrosamente esta relación.

Para la pintura española, el Barroco será el periodo del máximo esplendor, coincidente con los años de mayor complejidad escenográfica de nuestro teatro. Pensemos que a la misma generación de Calderón pertenecen Ribera, nacido en 1591; Zurbarán, en 1598; Velázquez, en 1599; Claudio Lorena, en 1600; Alonso Cano, en 1601, y, aunque algo más joven, Murillo, nacido en 1617 y muerto en 1682.

En la escultura, recordemos que Gregorio Hernández nace en torno al 1576; Martínez Montañés, en 1568, y Juan de Mesa, en 1583.

Vemos, por tanto, que la inmensa floración a la que aludíamos antes afecta a todas las ramas de la cultura.

Un acontecimiento decisivo en la evolución artística desde el Renacimiento será la celebración del Concilio de Trento, ya que de sus conclusiones, en 1563, surgiría una nueva manera de actuar ante la vida, que llevará al mundo barroco.

El espíritu de Trento, el que alienta en la Contrarreforma, procura favorecer el desarrollo de sentimientos del pueblo y conmoverle a través de la espectacularidad de la liturgia. Por ello surge un estilo artístico vistoso, atractivo, que buscará llegar al corazón del espectador a la vez que le informa.

Ello motivará que uno de los rasgos más representativos del movimiento artístico sea el *apasionamiento*, con todo lo que implica de exageración, de contrastar los opuestos, de deformación de la realidad, tanto para embellecerla como para afearla.

Por otro lado, pese a su complejo simbolismo, el Barroco estará dirigido al pueblo, que se entusiasmará ante la teatralidad de cualquiera de sus creaciones. Así, entrarán temas, personajes y preocupaciones populares en el mundo del arte, a la vez que se alcanzarán los mayores refinamientos estéticos, no sólo en el mismo creador, sino, incluso, en la misma obra.

LITERATURA

El teatro

Uno de los mejores documentos históricos de la evolución teatral del Siglo de Oro lo constituye el prólogo de las *Ocho comedias y ocho entremeses nunca representados*. Allí Cervantes, su autor —que recuerda haber visto representar a Lope de Rueda con escasísimos y rudimentarios medios—, nos cuenta también cómo ha ido perfeccionándose el teatro, así como la tramoya, para sus representaciones:

El teatro es el espectáculo popular por excelencia. En el grabado observamos la reconstrucción de una puesta en escena en el Corral del Príncipe.

«Tratóse también de quién fue el primero que en España las [*se refiere a las comedias*] sacó de mantillas y las puso en toldo, y vistió de gala y apariencia; yo, como el más viejo que allí estaba, dije que me acordaba de haber visto representar al gran Lope de Rueda, varón insigne en la representación y en el entendimiento. [...] En el tiempo de este célebre español, todos los aparatos de un autor de co-

medias se encerraban en un costal y se cifraban en cuatro pellicos blancos guarnecidos de guadamecí dorado y en cuatro barbas y cabelleras y cuatro cayados, poco más o menos. Las comedias eran unos coloquios como églogas entre dos o tres pastores y alguna pastora; aderezábanlas y dilatábanlas con dos o tres entremeses, ya de negra, ya de rufián, ya de bobo y ya de vizcaíno: que todas estas cuatro figuras, y otras muchas, hacía el tal Lope con la mayor excelencia y propiedad que pudiera imaginarse. No había en aquel tiempo tramoyas ni desafíos de moros y cristianos, a pie ni a caballo; no había figura que saliese o pareciese salir del centro de la tierra por lo hueco del teatro, al cual componían cuatro bancos en cuadro y cuatro o seis tablas encima, con que se levantaba del suelo cuatro palmos; ni menos bajaban del cielo nubes con ángeles o con almas. [...].

Sucedió a Lope de Rueda, Nabarro, natural de Toledo, el cual fue famoso en hacer la figura de un rufián cobarde; éste levantó algún tanto, más el adorno de las comedias, y mudó el costal de vestidos en cofres y en baúles; sacó la música, que antes estaba

La influencia del teatro italiano en el teatro español fue constante a partir del siglo XVI. Compañías italianas visitan nuestro país

y dejan huellas notables de su oficio. En las reproducciones observamos algunos personajes típicos de la Comedia del Arte italiana.

detrás de la manta, al teatro público; quitó las barbas de los farsantes, que hasta entonces ninguno representaba sin barba postiza, e hizo que todos representasen a cureña rasa, si no era los que habían de representar los viejos u otras figuras que pidiesen mudanza en rostro; inventó tramoyas, nubes, truenos y relámpagos, desafíos y batallas; pero esto no llegó al sublime punto en que está agora. [...]

Tuve otras cosas en que ocuparme, dejé la pluma y las comedias, y entró luego el monstruo de naturaleza, el gran Lope de Vega, y alzóse con la monarquía cómica. Avasalló y puso debajo de su jurisdicción a todos los farsantes; llenó el mundo de comedias propias, felices y bien razonadas, y tantas, que pasan de diez mil pliegos los que tiene escritos...»

A Lope le cabe la gloria de ser el creador del teatro nacional. Pero como el teatro era el espectáculo popular por excelencia, antes de adentrarnos en el contenido y valor literario de las obras, precisamos aproximarnos a las circunstancias que en él concurrían.

Los locales teatrales

Los locales, fundamentalmente, seguían siendo los mismos del siglo XVI, llamados «corrales» por tratarse, en un principio, de patios de casas vecinales. Más tarde, cuando ya se construyen edificios para destinarlos ex profeso a las representaciones, se mantendrá el mismo esquema inicial: un patio rectangular en cuyo extremo se instalaba el escenario; el público presenciaba de pie el espectáculo, salvo quienes pagaban algo más por ocupar sitio en unos toscos bancos sin respaldo existentes en la parte delantera; las mujeres asistían a una zona reservada para ellas en el extremo opuesto al escenario, llamada, humorísticamente, «cazuela», y las personas poderosas o de cierto relieve social (en ocasiones, incluso, el mismo rey) reservaban las habitaciones del edificio que daban al patio y que eran llamadas «aposentos».

Las funciones se llevaban a cabo los domingos y en determinadas festividades; comenzaban a las dos de la tarde y duraban hasta el oscurecer.

El programa que podríamos considerar completo era el siguiente: la sesión se iniciaba con una *loa* (alabanza de la comedia que se iba a representar); a continuación, la primera *jornada* (tal era el nombre que se solía dar a los *actos);* después, un *entremés;* segunda *jornada;* acto seguido, un *baile;* tras él, la tercera *jornada,* y una especie de fin de fiesta consistente en otro *baile,* o algo similar. Como puede comprobarse, el espectáculo era largo y complejo.

El público, aunque constituido por gentes de todas las clases sociales, era mayoritariamente popular, por lo que se daban frecuentes riñas, alborotos e intervenciones con comentarios sobre lo que ocurría en la escena, o sobre los actores que en cada momento intervenían.

Otra manifestación teatral que despertaba auténtico

apasionamiento entre el público era la constituida por los *autos sacramentales,* cuya representación se llevaba a cabo como parte de la procesión del *Corpus,* lo que nos manifiesta su doble condición de espectáculo y de culto litúrgico.

El escenario lo formaban carros tirados por bueyes, lo que no impedía la utilización de una complejísima escenografía que contaba con cuantiosos efectos especiales, favorecidos, no sólo por la afición que a ellos tenía el público, sino por la profunda carga alegórica encerrada en la misma festividad religiosa que se celebraba.

El teatro de Lope de Vega

Si Lope es considerado como el innegable creador del teatro nacional, nada mejor para conocer sus opiniones sobre la dramaturgia que seguirlas a través de su *Arte nuevo de hacer comedias en este tiempo,* extenso poema formado por endecasílabos sueltos, escrito en 1609 para ser leído en la Academia de Madrid.

Una de las primeras afirmaciones que nos llama la atención es la de su *consciente ruptura con las normas poéticas tradicionales:*

> *Y cuando he de escribir una comedia,*
> *encierro los preceptos con seis llaves,*
> *saco a Terencio y Plauto de mi estudio*
> *para que no me den voces, que suele*
> *dar gritos la verdad en libros mudos,*
> *y escribo por el arte que inventaron*
> *los que el vulgar aplauso pretendieron;*
> *porque, como los paga el vulgo, es justo*
> *hablarle en necio para darle gusto.*

Poco después proclamaría que su objetivo no era otro que el de producir *placer al pueblo,* para lo que creyó necesario prescindir de toda normativa; *complicar la*

acción para que sean muchas las cosas que discurran
sobre la escena; *intercalar aspectos trágicos y cómicos,*
con objeto de producir tensión o relajamiento en el espectador; mantener el *interés por el desarrollo del*
argumento:

> *En el acto primero ponga el caso,*
> *en el segundo enlace los sucesos,*
> *de suerte que hasta medio del tercero*
> *apenas juzgue nadie en lo que para.*

Junto a todo ello, son numerosos los consejos de índole puramente práctica, sobre los vestuarios de los actores, la manera de moverse en el escenario, la modu-
lación de la voz, el tipo de lenguaje, según la clase social a la que perteneciese el personaje que actuaba, así
como el tipo de verso o la forma métrica empleada en
cada escena:

> *Las décimas son buenas para quejas;*
> *el soneto está bien en los que aguardan;*
> *las relaciones piden los romances,*
> *aunque en octavas lucen por extremo.*
> *Son los tercetos para cosas graves,*
> *y para las de amor, las redondillas.*

Como nos indicó Cervantes, cuando Lope llegó a la escena ya contó con compañías teatrales formadas en las
que intervenían mujeres (en el teatro europeo coetáneo
estaba prohibida la participación femenina por razones de «moralidad»), y con una verdadera técnica escenográfica, así como con la participación de músicos y
no sólo de cantores, como ocurría en los años inmediatamente anteriores.

De todos modos, aunque nadie puede discutir a Lope
la verdadera creación del teatro español, quien llevará
a éste a la cima de la complejidad filosófica, estilística
y escenográfica del barroco será un hombre que parti-
rá ya de la creación lopesca: Calderón.

AUTOR

Biografía de Lope de Vega

Si una de las más representativas características del Barroco es la del apasionamiento, pocos escritores van a ofrecer una vida tan apasionada como la de Lope. Y al mismo tiempo, junto a esa pasión de hombre, todas sus actuaciones estarán también impregnadas de la poesía más sincera.

Plano de Madrid de los siglos XVI y XVII. Hijo de un artesano acomodado (su padre era bordador), nació Lope en Madrid en 1562, y en esta ciudad pasará la mayor parte de su vida; en ella morirá en 1635, y será enterrado en la iglesia de San Sebastián, estrechamente relacionada con gran parte de los escritores más famosos de nuestra literatura.

El primer periodo de su vida, conocido a través de
abundante documentación, es el de 1587-88, años del
proceso que se le forma por haber dedicado versos in-
sultantes a Elena Ososio, mujer de una familia de co-
mediantes con la que el poeta había mantenido relaciones amorosas. Ella será la *Filis* de sus bellísimos romances juveniles y de algunos de los melancólicos so-
netos de sus *Rimas,* escritos ya en la vejez.

Este proceso se resuelve con una pena de destierro, de
cuya tristeza intenta recuperarse por medio de los amores de Isabel de Urbina, con la que, una vez casado, re-
sidirá en Valencia y Alba de Tormes. Es la *Belisa* de
algunos conocidos romances y de parte de *La Arcadia.*

Muerta Isabel de Urbina en 1594, los años siguientes
son los de los amores con Micaela Luján, la *Camila
Lucinda* de sus primeros grandes éxitos literarios.

Su segunda esposa será Juana Guardo, quien apenas
ocupará lugar en su poesía, pero con la que instalará
su hogar, que es la actual Casa Museo Lope de Vega,
de Madrid.

Mil seiscientos trece es el año en que mueren Juana
Guardo y su hijo Carlos Félix, circunstancias que pro-
vocarán una profunda crisis religiosa en el alma de
Lope y que motivarán la composición de sus *Rimas sa-
cras,* en 1614, poemas enternecedores que nos ofrece-
rán una concepción completamente afectiva de la
religión.

Como resultado de esta crisis espiritual, Lope se orde-
nará sacerdote. Pero poco tiempo después, en 1614, se
enamorará ardientemente de Marta de Nevares, con la
que vivirá, pese a su condición de clérigo y a la de ca-
sada de ella, hasta la muerte de *Amarilis* o *Marcia Leo-
narda,* que es como la conoceremos a través de la obra
del poeta.

El entierro de Lope de Vega, como queda recogido en el lienzo de Suárez Llanos, constituyó un auténtico duelo popular.

Los últimos años de esta etapa fueron especialmente amargos, ya que Marta de Nevares quedó ciega y después enloqueció.

A partir de 1632 Lope, ya viejo, muertas las mujeres a las que había amado, muertos o fuera del hogar sus numerosos hijos, da un sentido especialmente religioso a su vida y aprovecha para concluir algunas de sus más importantes obras: *La Dorotea* y las *Rimas humanas y divinas del licenciado Tomé de Burguillos*.

En agosto de 1635 moría, y su entierro constituyó el mayor homenaje popular que se conoce en toda nuestra historia literaria.

Lope, dramaturgo

De las 1.800 comedias y 400 autos que, según su biógrafo Juan Pérez de Montalbán, escribió, a nosotros apenas han llegado 500 comedias y 42 autos, cantidad

que sigue siendo más que suficiente para convertirlo
en el escritor más prolífero. Y es, precisamente en este
conjunto de su teatro, en donde podemos comprobar
su labor creadora, al margen de los aciertos aislados en
obras concretas.

Desde el punto de vista temático resulta difícil establecer cualquier clasificación, aunque suelen admitirse
dos bloques iniciales: comedias de tema profano y comedias de tema religioso.

Entre las primeras habremos de situar los dos grupos
a los que pertenecen las obras más conocidas y representativas.

En primer lugar, las de *historia y leyenda españolas,*
la mayor parte de las cuales se sitúan cronológicamen-
te en la Edad Media con objeto de subrayar así su condición *nacional,* y algunos de cuyos títulos son de todos conocidos, como *Peribáñez,* basada en una leyenda
medieval de Ocaña, en donde se destacará la defensa
del honor, realizada por un labriego; *El caballero de
Olmedo,* inspirada en un acontecimiento ocurrido hacia 1520, pero que Lope encuadra en el reinado de
Juan II (1419-1554) para intensificar, de este modo, su
apariencia legendaria, y, por supuesto, *Fuente Ovejuna,* la obra que nos ocupa y que, como ya indicaremos
en el apéndice final, toma su argumento de una historia real, cual fue el levantamiento armado de este pueblo cordobés contra el comendador de Calatrava. El
otro grupo de obras lo constituyen las conocidas como
«de capa y espada», bien sean de ambiente ciudadano,
como es el caso de *El acero de Madrid,* o bien se desa-
rrollen en el campo, como *El villano en su rincón.*

Por su parte, entre las comedias de tema religioso suele distinguirse también la existencia de dos grupos: las
inspiradas en temas bíblicos, tanto del *Antiguo Testamento,* como *La creación del mundo y la primera cul-*

Los temas religiosos fueron motivo continuo de inspiración para los artistas barrocos. (San Antonio Abad visitando a San Pablo. Velázquez.)

pa *del hombre,* cuyo punto de partida es evidentemente el *Génesis,* así como las que se basan en el *Nuevo Testamento,* tal es el caso de *El nacimiento de Cristo.* Sin embargo, las más valiosas de entre las obras de tema religioso son las de «vidas de santos» o «leyendas piadosas», alguna de las cuales encierra todo el encanto lírico, la frescura popular, el entronque con temas medievales y la ternura habituales en lo más logrado del teatro de Lope, como es el caso de *La buena guarda,* cuyo tema es el legendario de *Margarita la tornera,* es decir, la monja que huye del convento y, cuando arrepentida regresa, descubre con asombro que nadie ha notado su ausencia, ya que la Virgen ha ocupado su puesto.

Las obras, en todo caso, son estructuradas del mismo modo por Lope, quien establece la división en tres jornadas o actos, frente a los cinco señalados por la preceptiva aristotélica presentes en el teatro anterior.

Desde el punto de vista métrico, las formas poéticas utilizadas son las que indicó en su *Arte nuevo* y a las que ya nos hemos referido con anterioridad.

En cuanto a los personajes, hemos de tener presente que la desbordante fecundidad dramática del autor le impedía crear personalidades con entidad psicológica propia; de tal modo, que diseñará un reducido esquema de personajes a los que cambiará el nombre en cada una de las comedias, pero que se ajustarán a los mismos modelos, pues no encarnan a personas concretas, sino que se limitan a servir de expresión a una idea. Entre ellos, los tipos más frecuentes son:

El alojero: reconstrucción de una escena popular vivida en los corrales de comedias.

EL REY. Según los dramas, tendrá un nombre u otro; será Felipe II, Fernando el Católico o Juan II, pero siempre expresará la idea que el público tenía del monarca como figura institucional y que deseaba ver en él: será hombre sereno, recto en su proceder, preocupado por sus vasallos, sistemático aplicador de la justicia. A este modelo responderán los Reyes Católicos en el caso de *Fuente Ovejuna*.

Sin embargo, también ofrece Lope en algunas de sus obras, como en *La estrella de Sevilla* o en *El duque de Viseo*, otro modelo de REY; es el que usa injustamente del poder, el que se deja dominar por las pasiones humanas y antepone sus caprichos a sus deberes. En estos casos, el comportamiento real causará la desgracia a los vasallos, pero, no obstante, de ellos no saldrá una sola queja contra el monarca, a quien queda sometida la propia conciencia individual.

EL PODEROSO. Suele ser hombre que pertenece a rancia familia aristocrática, ufano de su abolengo y poderío. Se suele convertir en antagonista, ya que usa injustamente de su poder, con el consiguiente perjuicio para sus vasallos, quienes terminarán vengándose de él o apelando a la justicia del REY. Uno de estos personajes será Fernán Gómez, el comendador de Calatrava en la obra que estudiamos.

EL CABALLERO. Representará el orden familiar. Suele ser un hidalgo a quien en cada obra corresponderá ser padre, esposo o hermano.

EL GALÁN. La mayor parte de las veces suele ser hidalgo o noble, pero ello no es condición imprescindible, ya que en otras obras lo encontramos convertido en un hombre del pueblo. No obstante, siempre destacará por su apostura, magnanimidad y valor, características inherentes al caballero.

EL GRACIOSO. Es personaje siempre presente en todo espectáculo teatral del Siglo de Oro. Suele ser el criado del GALÁN y, frente a él, destacará por su ausencia de ideales, ya que está dominado por el miedo y por el interés económico. Es hombre ingenioso que suele intervenir, fundamentalmente, en las ocasiones en las que se intensifica el dramatismo de la acción, para actuar, así, como contrapunto que relaje el ánimo crispado de los espectadores.

EL VILLANO. Es personaje propio de los dramas de ambiente rural, y Lope lo pinta con toda ternura y cariño. Suele caracterizarse por su honradez, su generosidad y su celosa defensa de su honor.

LA DAMA pertenece a la misma clase social del GALÁN, y se caracterizará por el empleo de la astucia para conseguir triunfar sobre los obstáculos que se interpongan entre ella y su enamorado.

LA CRIADA de la DAMA será confidente de su señora, a la vez que cómplice del GALÁN, quien se servirá de ella para obtener información, enviar cartas o mensajes, así como cualquier gestión que le permitan situarse ventajosamente respecto a los posibles rivales en el amor. Como todo este quehacer se llevará a cabo en numerosas ocasiones a través del criado del GALÁN, o GRACIOSO, ello motivará una acción paralela a la de los señores, cuya conclusión será también el matrimonio entre los criados.

A veces este papel es desempeñado por una DUEÑA, cuyas intervenciones pueden ser paralelas a las del GRACIOSO, dadas las ironizaciones sobre su edad, sus antiguos amores, sus frustraciones, etc.

En las obras de ambiente campesino la función de compañera y confidente de la DAMA suele ser desempeñada por una parienta próxima o por una amiga muy allegada.

De este modo, cambiando nombres, títulos, oficios y ciudades, la mayor parte de la producción dramática de Lope de Vega hará que su acción discurra a través de los personajes que acabamos de exponer.

CUESTIONES

▬ *¿Entre qué reinados discurre la vida de Lope de Vega?*

▬ *Cítense tres personalidades artísticas de la generación de Lope.*

▬ *¿Qué acontecimiento religioso tuvo capital importancia en el desarrollo del Barroco?*

▬ *¿Cómo era un corral de comedias?*

▬ *¿En qué obra expone Lope sus ideales sobre el teatro?*

▬ *Resumen de las características fundamentales del teatro de Lope expuestas en el* Arte nuevo.

▬ *¿Qué texto, coetáneo de Lope, expone la evolución del teatro español a lo largo de la segunda mitad del siglo XVI?*

▬ *Cítese la composición de una tarde de teatro en el siglo XVII.*

▬ *¿Qué etapa de su vida pasó Lope en la actual Casa-Museo de Madrid?*

▬ *¿Qué clasificación temática podemos establecer de las obras dramáticas de Lope de Vega?*

CRITERIO DE ESTA EDICIÓN

De *Fuente Ovejuna* se conocen dos manuscritos, pero ninguno de ellos encierra valor como fuente textual, ya que se trata de simples copias de volúmenes editados.

De la versión ofrecida por la primera edición de la obra, en 1619 *(Dozena parte...)*, conocemos dos impresiones que fueron denominadas A y B por el hispanista y prestigioso lopista C. E. Aníbal, en 1932.

A su vez, María Gracia Profeti, en su edición de la comedia, señala la existencia de variantes de A, a las que denomina A_1 y A_2, cuyas diferencias indica.

Para la presente edición nos hemos basado en la variante A_1, utilizada por Cañas Murillo, a quien seguimos, aunque corregimos alguna errata evidente, varios

signos de puntuación para facilitar la comprensión de
la lectura y el sangrado de los versos en contados casos, para que se pueda distinguir con toda facilidad la
forma poética utilizada.

Dado el carácter escolar de esta edición, hemos indicado la localización de cada escena, de acuerdo con la versión de Juan María Marín, para facilitar la comprensión al alumno.

NOTA DEL EDITOR:

Las ilustraciones realizadas expresamente para este volumen
no sólo recogen escenas de la propia obra, sino también el
ambiente teatral de los corrales de comedias de la época.

FUENTE OVEJUNA

COMEDIA FAMOSA
DE *FUENTE OVEJUNA*

Hablan en ella las personas siguientes:

FERNÁN GÓMEZ

ORTUÑO

FLORES

EL MAESTRE DE CALATRAVA

PASCUALA

LAURENCIA

MENGO

BARRILDO

FRONDOSO

JUAN ROJO

ESTEBAN, ALONSO, *alcaldes*

REY DON FERNANDO

REINA DOÑA ISABEL

DON MANRIQUE

UN REGIDOR

CIMBRANOS, *soldado*

JACINTA, *labradora*

UN MUCHACHO

Algunos labradores

UN JUEZ

La música

ACTO PRIMERO

[SALA DEL PALACIO DEL MAESTRE DE CALATRAVA]

Salen el COMENDADOR[1], FLORES *y* ORTUÑO, *criados.*

COMENDADOR: ¿Sabe el Maestre[2] que estoy en la villa▼?
FLORES: Ya lo sabe.
ORTUÑO: Está, con la edad, más grave.
COMENDADOR: ¿Y sabe también que soy Fernán Gómez de Guzmán?   5

▼ Se refiere a la de Almagro, en la actual provincia de Ciudad Real, sede de la Orden Militar de Calatrava.

FLORES: Es muchacho, no te asombre▼.   ....

COMENDADOR: Cuando³ no sepa mi nombre,   ³ Aunque. Valor con-
                     ¿no le sobra el que me dan   cesivo.
                     de Comendador mayor?

10 ORTUÑO: No falta quien le aconseje
                     que de ser cortés se aleje.

COMENDADOR: Conquistará poco amor▼▼.
                     Es llave la cortesía
                     para abrir la voluntad

15   y para la enemistad,
                     la necia descortesía.

ORTUÑO: Si supiese un descortés
                     cómo lo aborrecen todos,
                     y querrían de mil modos

20   poner la boca a sus pies,
                     antes que serlo ninguno,
                     se dejaría morir.

FLORES: ¡Qué cansado es de sufrir!
                     ¡Qué áspero y qué importuno!

25   Llaman la descortesía
                     necedad en los iguales,
                     porque es entre desiguales
                     linaje de tiranía.
                     Aquí no te toca nada

30   que un muchacho aún no ha
                                   [llegado
                     a saber qué es ser amado.

|||||||||||||||||||||||||||||||||||||||||||||||||||||||||||||||||||||||||||||||||||||||||||||||||||||||||||||||||||||||||||

▼ El gran maestre de Calatrava, cuando tuvieron lugar los acontecimientos expuestos en *Fuente Ovejuna,* era don Rodrigo Téllez Girón, antepasado del duque de Osuna, quien, por los años en que Lope escribe la comedia, se encuentra en la cima de su poderío político, desempeñando el cargo de virrey en Nápoles. Queda claro que el escritor debía interesarse especialmente para que no pudiese quedar empañado el buen nombre de familia tan poderosa y noble como la de los Girones. De ahí las constantes disculpas de sus faltas, dado lo temprano de su edad.

▼▼ Reflejo de la preocupación que el amor de los vasallos debe despertar en el señor; idea que expone con toda claridad el marqués de Santillana al dirigirse a su hijo en los *Proverbios de gloriosa doctrina.*

COMENDADOR: La obligación de la espada
que le ciñó el mismo día
que la Cruz de Calatrava▼
le cubrió el pecho, bastaba   35
para aprender cortesía.
FLORES: Si te han puesto mal con él,
presto⁴ le conocerás.
ORTUÑO: Vuélvete, si en duda estás.
COMENDADOR: Quiero ver lo que hay en él⁵.   40

Sale el MAESTRE DE CALATRAVA *y acompaña-miento.*

MAESTRE: Perdonad, por vida mía,
Fernán Gómez de Guzmán,
que agora⁶ nueva me dan
que en la villa estáis.
COMENDADOR: `   Tenía
muy justa queja de vos;   45
que el amor y la crianza
me daban más confianza,
por ser, cual somos los dos:
vos, Maestre en Calatrava;
yo, vuestro Comendador   50
y muy vuestro servidor.
MAESTRE: Seguro⁷, Fernando, estaba
de vuestra buena venida.
Quiero volveros a dar
los brazos.   55
COMENDADOR: Debéisme honrar ▼▼,
que he puesto por vos la vida

⁴ Pronto.

⁵ Se refiere a la actitud del Maestre hacia él.

⁶ Ahora.

⁷ Desconocedor.

‖‖

▼ Tras velar sus armas durante toda la noche, los aspirantes al ingreso en una orden militar eran nombrados caballeros y, simultáneamente, recibían el hábito correspondiente, en el que figuraba el modelo de cruz característico de la orden. De ahí las alusiones a la espada y a la cruz de Calatrava.

▼▼ Inmediata evidencia del carácter arrogante del comendador, quien exige a su superior el tratamiento adecuado a su rango y el reconocimiento de sus servicios.

entre diferencias tantas,
hasta suplir vuestra edad▼
el Pontífice.

MAESTRE: Es verdad.
60   Y por las señales santas▼▼
que a los dos cruzan el pecho,
que os lo pago en estimaros
y, como a mi padre, honraros.
COMENDADOR: De vos estoy satisfecho.
65   MAESTRE: ¿Qué hay de guerra por allá?
COMENDADOR: Estad atento, y sabréis
la obligación que tenéis.

MAESTRE: Decid, que ya lo estoy, ya.
COMENDADOR: Gran Maestre, don Rodrigo
70   Téllez Girón, que a tan alto
lugar os trajo el valor
de aquel vuestro padre claro,
que, de ocho años, en vos
renunció su Maestrazgo,
75   que después por más seguro
juraron y confirmaron
Reyes y Comendadores,
dando el Pontífice santo
Pío segundo sus bulas,
80   y después las suyas Paulo,
para que don Juan Pacheco,
gran Maestre de Santiago,
fuese vuestro coadjutor[8];
ya que es muerto, y que os han
                                [dado
85   el gobierno solo a vos,

[8] Quien, en virtud de bulas pontificias, desempeñaba provisionalmente un cargo eclesiástico en nombre de su titular, a quien habría de heredar en el futuro.

||||||||||||||||||||||||||||||||||||||||||||||||||||||||||||||||||||||||||||||||||||||||||||||||||||||||||||||||||||||||||||||||||||||

▼ Alusión tanto a las intrigas entre la nobleza como a la excesiva juventud de don Rodrigo (unos versos más abajo se expondrá tal circunstancia), lo que, en efecto, requirió la especial autorización pontificia para el nombramiento de tal responsabilidad y dignidad como era el de maestre de Calatrava.

▼▼ Se refiere a la cruz de Calatrava que todo caballero de dicha orden llevaba en su pecho.

aunque de tan pocos años▼,
advertid que es honra vuestra
seguir en aqueste caso
la parte de vuestros deudos⁹;
porque, muerto Enrique cuarto,   90
quieren que al rey don Alonso
de Portugal, que ha heredado,
por su mujer, a Castilla,
obedezcan sus vasallos;
que, aunque pretende lo mismo,   95
por Isabel, don Fernando,
gran príncipe de Aragón,
no con derecho tan claro
a vuestros deudos, que, en fin,
no presumen que hay engaño   100
en la sucesión de Juana▼▼,
a quien vuestro primo hermano
tiene agora en su poder.
Y así, vengo a aconsejaros
que juntéis los caballeros   105
de Calatrava en Almagro,
y a Ciudad Real toméis,
que divide como paso

⁹ Parientes.

▼ En estos versos se expone brevemente la historia de don Rodrigo Téllez Girón con la doble finalidad de disculparle sus errores y responsabilizar de ellos a sus malos consejeros (el más grave de estos errores sería el haber combatido al principio contra Isabel la Católica) y de exaltar la nobleza de esta familia como algo que ya venía de muy antiguo, así como su poderío, evidenciado al haber obtenido las bulas de dos pontífices: Pío II y Paulo II.

▼▼ Al morir Enrique IV se planteó un conflicto hereditario, ya que el rey había negado en algunas ocasiones su paternidad sobre su hija, la princesa doña Juana (llamada la Beltraneja al creerse que era hija verdaderamente de don Beltrán de la Cueva, favorito del rey); ello motivó el que gran parte de la nobleza proclamara a la princesa Isabel, hermana del monarca fallecido, reina en la ciudad de Segovia, en cuyo alcázar residía, al considerar que el rey había muerto sin sucesión. Sin embargo, otro sector de la nobleza, apoyado por el rey Alfonso de Portugal, defendió el derecho al trono de doña Juana, considerándola como hija de don Enrique. Esta guerra de sucesión será la que permanecerá al fondo de la acción a lo largo de toda la comedia.

a Andalucía y Castilla,
110 para mirarlos a entrambos.
Poca gente es menester,
porque tiene por soldados
solamente sus vecinos
y algunos pocos hidalgos,
115 que defienden a Isabel
y llaman rey a Fernando.
Será bien que deis asombro,
Rodrigo, aunque niño, a
       [cuantos
dicen que es grande esa Cruz
120 para vuestros hombros flacos.
Mirad los Condes de Urueña,
de quien venís, que mostrando
os están desde la fama▼
los laureles que ganaron;
125 los Marqueses de Villena,
y otros capitanes, tantos,
que las alas de la fama
apenas pueden llevarlos.
Sacad esa blanca espada▼▼,
130 que habéis de hacer, peleando,
tan roja como la Cruz;
porque no podré llamaros
Maestre de la Cruz roja
que tenéis al pecho, en tanto
135 que tenéis blanca la espada;
que una al pecho y otra al lado,
entrambas han de ser rojas;
y vos, Girón soberano,

||||||||||||||||||||||||||||||||||||||||||||||||||||||||||||||||||||||||||||||||||||||||||||||||||||||||||||||||||||||||||||||||||||||||||||||||||||||||

▼ Presencia de la idea de la fama basada en las obras, propugnada primero por el humanismo y sostenida, más tarde, por el espíritu tridentino.

▼▼ Se refiere a que aún no había tomado parte en ningún combate, por lo que no había podido teñir de sangre enemiga la espada. En este sentido, recuérdese que los caballeros noveles acudían al combate con el escudo sin pintar, hasta que eran merecedores de recibir sus «armas», es decir, su emblema heráldico. En el texto, se insinúa la necesidad de que para ser merecedor de la cruz (ser caballero) es necesario demostrarlo por medio de la espada,

10 Grupo de personas
que constituyen una
facción.

11 Reúno, coincido,
pacto.

12 De ellos. Durante
el Siglo de Oro era
frecuente esta apóco-
pe.

13 Localidad de la ac-
tual provincia de
Córdoba.

14 Instruida, adiestra-
da.

15 Era tanto la digni-
dad que tenían deter-
minados caballeros
de las órdenes milita-
res, como la localidad
cuyo señorío y rentas
poseían.

16 Pieza de la arma-
dura del caballero en
la que se apoyaba el
asta de la lanza.

capa del templo inmortal
de vuestros claros pasados.   140

MAESTRE: Fernán Gómez, estad cierto
que en esta parcialidad[10],
porque veo que es verdad,
con mis deudos me concierto[11].
Y si importa, como paso,   145
a Ciudad Real mi intento,
veréis que, como violento
rayo, sus muros abraso.
No, porque es muerto mi tío,
piensen de mis pocos años   150
los propios y los extraños
que murió con él mi brío.
Sacaré la blanca espada,
para que quede su luz
de la color de la Cruz,   155
de roja sangre bañada.
Vos, ¿adónde residís?
¿Tenéis algunos soldados?

COMENDADOR: Pocos, pero mis criados;
que si dellos[12] os servís,   160
pelearán como leones.
Ya veis que en Fuente Ovejuna[13]
hay gente humilde y alguna,
no enseñada[14] en escuadrones,
sino en campos y labranzas.   165

MAESTRE: ¿Allí residís?
COMENDADOR: Allí,
de mi encomienda[15] escogí
casa entre aquestas mudanzas▼.
Vuestra gente se registre;
que no quedará vasallo.   170

MAESTRE: Hoy me veréis a caballo,
poner la lanza en el ristre[16].

||||||||||||||||||||||||||||||||||||||||||||||||||||||||||||||||||||||||||||||||||||||||||||||||||||

▼ El comendador Fernán Gómez de Guzmán se apropió de Fuente Ovejuna durante la guerra entre Isabel la Católica y Juana la Beltraneja, basándose en el hecho de que la villa fue cedida por el rey Enrique IV a la Orden de Calatrava. En
esta ocasión se pone de manifiesto que con anterioridad no vivía allí.

[PLAZA DE FUENTE OVEJUNA]

Vanse, y salen PASCUALA *y* LAURENCIA.

LAURENCIA:	¡Mas que nunca acá volviera!	
PASCUALA:	Pues, a la he[17], que pensé	[17] Fe. Forma propia del lenguaje pastoril convencional.
175	que cuando te lo conté,	
	más pesadumbre te diera.	
LAURENCIA:	¡Plega al cielo[18] que jamás	[18] Quiera el cielo.
	le vea en Fuente Ovejuna!	
PASCUALA:	Yo, Laurencia, he visto alguna	
180	tan brava, y pienso que más;	
	y tenía el corazón	
	brando[19] como una manteca.	[19] Blando.
LAURENCIA:	Pues ¿hay encina tan seca	
	como esta mi condición?	
185 PASCUALA:	¡Anda ya! Que nadie diga:	[20] De esta.
	desta[20] agua no beberé.	
LAURENCIA:	¡Voto al sol[21] que lo diré,	[21] Voto a... Era forma popular de juramento.
	aunque el mundo me desdiga!	

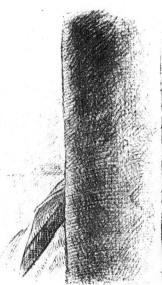

190   ¿A qué efeto[22] fuera bueno
querer a Fernando yo?
¿Casárame con él?

PASCUALA: No.

LAURENCIA: Luego la infamia condeno.
¡Cuántas mozas en la villa,
del Comendador fiadas,

195   andan ya descalabradas[23]!

PASCUALA: Tendré yo por maravilla
que te escapes de su mano.

LAURENCIA: Pues en vano es lo que ves,
porque ha que me sigue un mes,

200   y todo, Pascuala, en vano.
Aquel Flores, su alcahuete,
y Ortuño, aquel socarrón,
me mostraron un jubón[24],
una sarta[25] y un copete[26].

205   Dijéronme tantas cosas
de Fernando, su señor,
que me pusieron temor;
mas no serán poderosas
para contrastar[27] mi pecho.

210 PASCUALA: ¿Dónde te hablaron?

LAURENCIA: Allá
en el arroyo▼, y habrá
seis días.

PASCUALA: Y yo sospecho
que te han de engañar,
                   [Laurencia.

LAURENCIA: ¿A mí?

PASCUALA: Que no, sino al cura[28].

215 LAURENCIA: Soy, aunque polla[29], muy dura
yo para su reverencia[30].
Pardiez[31], más precio poner,
Pascuala, de madrugada,
un pedazo de lunada[32]

[22] Efecto. Los grupos consonánticos latinos del tipo a CT ofrecieron dos soluciones en el español áureo: su conservación (como en la actualidad lo conocemos) o su simplificación, forma popular preferida por Lope.

[23] Burladas.

[24] Especie de camisa.

[25] Collar.

[26] Adorno de plumas para poner en la cabeza.

[27] Combatir.

[28] Todo este verso es una expresión que irónicamente subraya el hecho de que en efecto se refiere a ella, que no va a ser a otra persona.

[29] Joven.

[30] Se refiere al Comendador.

[31] ¡Por Dios! Galicismo (par Dieu).

[32] Pernil, jamón.

▼ Es habitual, en la poesía tradicional, que las citas de amor tengan lugar junto al río.

³³ Fuego.

³⁴ Pedazo de pan.

³⁵ Cántaro.

³⁶ Merienda.

³⁷ Fiambre de carne
picada de vaca, con
cebolla, vinagre y sal.

³⁸ *Rezarle*. En el Si-
glo de Oro era fre-
cuente que los infini-
tivos que llevasen en-
clíticas las formas
pronominales *le, la,
lo*, asimilasen la -r a
la consonante si-
guiente.

³⁹ Tretas, engaños.

al huego³³ para comer,   220
con tanto zalacatón³⁴
de una rosca que yo amaso,
y hurtar a mi madre un vaso
del pegado cangilón³⁵;
    y más precio al mediodía   225
ver la vaca entre las coles,
haciendo mil caracoles
con espumosa armonía;
    y concertar, si el camino
me ha llegado a causar pena,   230
casar una berenjena
con otro tanto tocino;
    y después un pasatarde³⁶,
mientras la cena se aliña,
de una cuerda de mi viña,   235
que Dios de pedrisco guarde;
    y cenar un salpicón³⁷
con su aceite y su pimienta,
y irme a la cama contenta,
y al «inducas tentación»▼   240
rezalle³⁸ mis devociones;
que cuantas raposerías³⁹,
con su amor y sus porfías,
tienen estos bellacones,
    porque todo su cuidado,   245
después de darnos disgusto,
es anochecer con gusto
y amanecer con enfado.

PASCUALA: Tienes, Laurencia, razón;
que en dejando de querer,   250
más ingratos suelen ser
que al villano el gorrión.
    En el invierno, que el frío
tiene los campos helados,
descienden de los tejados,   255

▼ Alusión a las palabras finales del *Pater noster*: «Et ne nos inducas in tentatio-
nem» (y no nos dejes caer en la tentación).

diciéndole «tío, tío»,
   hasta llegar a comer
las migajas de la mesa;
mas luego que el frío cesa,
260 y el campo ven florecer,
   no bajan diciendo «tío»,
del beneficio olvidados,
mas saltando en los tejados
dicen: «judío, judío»▾.

265 Pues tales los hombres son:
cuando nos han menester,
somos su vida, su ser,
su alma, su corazón;
   pero pasadas las ascuas[40],
270 las tías somos judías,
y en vez de llamarnos tías,
anda el nombre de las Pascuas[41].

LAURENCIA: ¡No fiarse de ninguno!
PASCUALA: Lo mismo digo, Laurencia.

[40] Ardores amorosos.

[41] Expresión usual para dar a entender la existencia de insultos.

▾ Palabra considerada en extremo insultante, máxime entre labradores, quienes alardeaban de ser cristianos viejos. Todo el párrafo de Laurencia responde al carácter didáctico del teatro barroco.

COMENTARIO 1 (Versos 215-249)

▬ *Señálese el tema esencial del fragmento.*

▬ *¿Qué ideal de vida se indica en el texto?*

▬ *¿Qué relación puede establecerse entre el fragmento y la poesía pastoril del Renacimiento?*

▬ *Intente relacionarse el contenido de este texto con algún otro de la misma época.*

▬ *Coméntese el tipo de lenguaje empleado por Laurencia.*

▬ *¿Qué forma métrica se utiliza en este fragmento?*

▬ *¿Qué relación guarda en el teatro de Lope esta forma métrica con el tema que expone?*

Salen MENGO, *y* BARRILDO *y* FRONDOSO.

FRONDOSO:	En aquesta diferencia	275
	andas, Barrildo, importuno.	
BARRILDO:	A lo menos aquí está	
	quien nos dirá lo maś cierto.	
MENGO:	Pues hagamos un concierto[42]	
	antes que lleguéis allá;	280
	y es que, si juzgan por mí,	
	me dé cada cual la prenda,	
	precio de aquesta contienda.	
BARRILDO:	Desde aquí digo que sí.	
	Mas si pierdes, ¿qué darás?	285
MENGO:	Daré mi rabel[43] de boj[44],	
	que vale más que una troj[45],	
	porque yo le estimo en más.	
BARRILDO:	Soy contento.	
FRONDOSO:	Pues lleguemos.	
	¡Dios os guarde, hermosas	290
	[damas!	
LAURENCIA:	¿Damas, Frondoso, nos llamas▾?	
FRONDOSO:	Andar al uso queremos:	
	al bachiller, licenciado;	
	al ciego, tuerto; al bisojo,	
	bizco; resentido, al cojo;	295
	y buen hombre, al descuidado;	
	al ignorante, sesudo;	
	al mal galán, soldadesca[46];	
	a la boca grande, fresca,	
	y al ojo pequeño, agudo;	300
	al pleitista[47], diligente;	
	gracioso, al entremetido[48];	
	al hablador, entendido;	
	y al insufrible, valiente;	
	al cobarde, para poco;	305
	al atrevido, bizarro;	

[42] Trato, acuerdo.

[43] Laúd pequeño de tres cuerdas.

[44] Arbusto de madera amarilla, muy dura y compacta.

[45] Granero.

[46] Era, tanto el conjunto de los soldados como, por extensión, quienes los imitaban en la manera de vestir, distinguirse y comportarse.

[47] La persona inquieta que promueve toda clase de complicaciones y pleitos.

[48] Entrometido.

▾ El asombro por ser llamadas *damas* se debe a que esta palabra fue un galicismo penetrado en nuestra lengua en el siglo XV a través de la poesía cortesana; extraña, por ello, al habla de los aldeanos.

compañero, al que es un jarro[49];

y desenfadado, al loco;

gravedad, al descontento;

310   a la calva, autoridad;

donaire, a la necedad;

y al pie grande, buen cimiento;

al buboso[50], resfriado;

comedido, al arrogante;

315   al ingenioso, constante;

al corcovado, cargado.

Esto llamaros imito▼,

damas, sin pasar de aquí;

porque fuera hablar así

320   proceder en infinito.

LAURENCIA: Allá en la ciudad, Frondoso,

llámase por cortesía

de esa suerte; y, a fe mía,

que hay otro más riguroso

325   y peor vocabulario

en las lenguas descorteses .

FRONDOSO: Querría que lo dijeses.

LAURENCIA: Es todo a esotro[51] contrario:

al hombre grave, enfadoso;

330   venturoso, al descompuesto[52];

melancólico, al compuesto;

y al que reprehende, odioso;

importuno, al que aconseja;

al liberal, moscatel[53];

335   al justiciero, cruel;

y al que es piadoso, madeja[54];

al que es constante, villano;

al que es cortés, lisonjero;

hipócrita, al limosnero;

340   y pretendiente[55], al cristiano;

al justo mérito, dicha;

[49] Necio.

[50] Quien padecía una enfermedad venérea, llamada bubas. El hecho de que se viesen afectadas también las vías respiratorias es lo que en el texto permite la alusión al resfriado.

[51] Eso otro.

[52] Que no se comporta con corrección.

[53] Bobo.

[54] Flojo.

[55] Era el que gestionaba la consecución de algún cargo administrativo o favor de una persona poderosa.

▼ López Estrada entiende los versos como «esto |la relación antedicha| imito |al| llamaros damas |por villanas|», admitiendo, por tanto, la enmienda de Hartzenbusch, seguida por Menéndez Pelayo, Américo Castro y Entrambasaguas.

a la verdad, imprudencia;
cobardía, a la paciencia;
y culpa, a lo que es desdicha;
   necia, a la mujer honesta;   345
mal hecha, a la hermosa y casta;
y a la honrada... Pero basta,
que esto basta por respuesta.

MENGO: Digo que eres el dimuño[56].

BARRILDO: ¡Soncas[57], que lo dice mal!   350

MENGO: Apostaré que la sal
la echó el cura con el puño▾.

LAURENCIA: ¿Qué contienda os ha traído,
si no es que mal lo entendí?

FRONDOSO: Oye, por tu vida.   355

LAURENCIA: Di.

FRONDOSO: Préstame, Laurencia, oído.

LAURENCIA: Como prestado, y aun dado,
desde agora os doy el mío.

FRONDOSO: En tu discreción confío.

LAURENCIA: ¿Qué es lo que habéis apostado?   360

FRONDOSO: Yo y Barrildo contra Mengo.

LAURENCIA: ¿Qué dice Mengo?

BARRILDO: Una cosa
que, siendo cierta y forzosa,
la niega.

MENGO: A negarla vengo,
porque yo sé que es verdad.   365

LAURENCIA: ¿Qué dice?

BARRILDO: Que no hay amor.

LAURENCIA: Generalmente es rigor[58].

BARRILDO: Es rigor y es necedad.
Sin amor, no se pudiera
ni aun el mundo conservar.   370

MENGO: Yo no sé filosofar;
leer, ¡ojalá supiera!

---

[56] Demonio. Rusticismo intencionado de Lope.

[57] En verdad. Otro ejemplo del habla rústica.

[58] Exageración.

▾ La *sal* es sinónimo de gracia (pensemos en sus derivados, *salado, saleroso, salero*, etc., como atractivo gracioso). De ahí que si la sal del bautismo la echó el cura con el puño, es decir, en gran cantidad, se supone que la persona bautizada será muy graciosa.

            Pero si los elementos
            en discordia eterna viven,
375   y de los mismos reciben
            nuestros cuerpos alimentos,
            cólera y melancolía,
            flema y sangre, claro está.
BARRILDO: El mundo de acá y de allá,
380   Mengo, todo es armonía.
            Armonía es puro amor,
            porque el amor es concierto▾.
MENGO: Del natural, os advierto
            que yo no niego el valor.
385   Amor hay, y el que entre sí
            gobierna todas las cosas,
            correspondencias forzosas
            de cuanto se mira aquí;
            y yo jamás he negado
390   que cada cual tiene amor
            correspondiente a su humor [59]   [59] Manera de ser.
            que le conserva en su estado.
            Mi mano al golpe que viene
            mi cara defenderá;
395   mi pie, huyendo, estorbará
            el daño que el cuerpo tiene.
            Cerraránse mis pestañas
            si al ojo le viene mal,
            porque es amor natural.
400 PASCUALA: Pues ¿de qué nos desengañas?
    MENGO: De que nadie tiene amor
            más que a su misma persona.
    PASCUALA: Tú mientes, Mengo, y perdona;
            porque ¿es materia el rigor
405   con que un hombre a una
                                        [mujer

||||||||||||||||||||||||||||||||||||||||||||||||||||||||||||||||||||||||||||||||||||||||||||||||||||||||||||||||||||||||||||||||||||||||||

▾ Durante el Renacimiento se impusieron las ideas neoplatónicas, que considera-
ban la belleza del arte como reflejo de la belleza del universo, y la armonía que
había de encerrar la obra de arte, como un reflejo de la armonía que rige el movimiento del universo. De ahí que el amor, como concierto entre los dos enamo-
rados, sea reflejo de la armonía universal.

o un animal quiere y ama
su semejante?

MENGO: Eso llama
amor propio, y no querer.
¿Qué es amor▼?

LAURENCIA: Es un deseo
de hermosura.   410

MENGO: Esa hermosura
¿por qué el amor la procura?

LAURENCIA: Para gozarla.

MENGO: Eso creo.
Pues ese gusto que intenta,
¿no es para él mismo?

LAURENCIA: Es así.

MENGO: Luego, ¿por quererse a sí   415
busca el bien que le contenta?

LAURENCIA: Es verdad.

MENGO: Pues dese[60] modo
no hay amor, sino el que digo,
que por mi gusto le sigo,
y quiero dármele en todo.   420

BARRILDO: Dijo el cura del lugar
cierto día, en el sermón,
que había cierto Platón
que nos enseñaba a amar▼▼;
que éste amaba el alma sola   425
y la virtud de lo amado.

PASCUALA: En materia habéis entrado
que, por ventura, acrisola[61]
los caletres[62] de los sabios
en sus cademias[63] y escuelas.   430

[60] De ese.

[61] Da esplendor.

[62] Juicio. Se trata de un término vulgar.

[63] Academias. Aféresis de la vocal inicial para favorecer el rusticismo.

||||||||||||||||||||||||||||||||||||||||||||||||||||||||||||||||||||||||||||||||||||||||||||||||||||||||||||||||||||||

▼ Son muy frecuentes en la poesía barroca los poemas que intentan responder a tal pregunta sobre la definición del amor. Por otro lado, el sistema de exponer una teoría a través de la sucesión de preguntas y respuestas, de origen socrático, era frecuente en el Siglo de Oro.

▼▼ Ejemplo del auge que desde el Renacimiento alcanzaron las ideas platónicas del amor. Al mismo tiempo, la forma sencilla de la exposición de Barrildo es consecuencia del afán didáctico del teatro del siglo XVII.

LAURENCIA:	Muy bien dice, y no te muelas[64]	[64] Cansas. Vulgarismo.
	en persuadir sus agravios.	
	Da gracias, Mengo, a los	
	[cielos,	
	que te hicieron sin amor.	
435 MENGO:	¿Amas tú?	
LAURENCIA:	Mi propio honor ▾.	
FRONDOSO:	Dios te castigue con celos.	
BARRILDO:	¿Quién gana?	
PASCUALA:	Con la quistión[65]	[65] Cuestión.
	podéis ir al sacristán,	
	porque él o el cura os darán	
440	bastante satisfacción.	
	Laurencia no quiere bien,	
	yo tengo poca experiencia;	
	¿cómo daremos sentencia?	
FRONDOSO:	¿Qué mayor que ese desdén?	

Sale FLORES.

445 FLORES:	¡Dios guarde a la buena gente!
PASCUALA:	Éste es del Comendador
	criado.

▾ Obsérvese que la afirmación de Laurencia pone de manifiesto la existencia de honor en los villanos, lo que nos predispone favorablemente a la aceptación de esta idea, con la consiguiente hostilidad hacia la expuesta más adelante por el comendador al dar a entender que tal sentimiento era patrimonio exclusivo de los nobles.

LAURENCIA:	¡Gentil azor▼!	
	¿De adónde bueno, pariente?	
FLORES:	¿No me veis a lo soldado?	
450 LAURENCIA:	¿Viene don Fernando acá?	
FLORES:	La guerra se acaba ya,	

LAURENCIA: ¡Gentil azor▼!
             ¿De adónde bueno, pariente?
FLORES: ¿No me veis a lo soldado?
450 LAURENCIA: ¿Viene don Fernando acá?
FLORES: La guerra se acaba ya,
             puesto que⁶⁶ nos ha costado
             alguna sangre y amigos.
FRONDOSO: Contadnos cómo pasó.
455 FLORES: ¿Quién lo dirá como yo▼▼,
             siendo mis ojos testigos?
             Para emprender la jornada
             desta ciudad, que ya tiene
             nombre de Ciudad Real,
460   juntó el gallardo Maestre
             dos mil lucidos infantes
             de sus vasallos valientes,
             y trescientos de a caballo,
             de seglares y de freiles⁶⁷;
465   porque la Cruz roja obliga
             cuantos al pecho la tienen,
             aunque sean de orden sacro;
             mas contra moros se
                        [entiende▼▼▼.
             Salió el muchacho bizarro
470   con una casaca verde,
             bordada de cifras⁶⁸ de oro,
             que sólo los brazaletes
             por las mangas descubrían,
             que seis alamares⁶⁹ prenden.
475   Un corpulento bridón⁷⁰,
             rucio rodado⁷¹, que al Betis⁷²
             bebió el agua, y en su orilla

Marginal notes:

⁶⁶ Aunque. Valor concesivo.

⁶⁷ Caballero profeso de las órdenes militares.

⁶⁸ Se refiere a las iniciales de su nombre, así como a las armas de su escudo.

⁶⁹ Broches.

⁷⁰ Caballo con silla lisa y estribos largos.

⁷¹ Caballo tordo con manchas oscuras.

⁷² Guadalquivir.

▼Flores es considerado *azor* porque anda buscando las presas «amorosas» para su señor. De ahí su consideración de «ave de presa».

▼▼Reflejo de un tipo muy frecuente en la literatura barroca: *el soldado fanfarrón*, cuyo origen remoto se encuentra en el *miles gloriosus*, de Plauto, autor teatral latino que vivió entre el 251 y el 184 antes de Cristo.

▼▼▼Recuérdese que la acción discurre en 1476, cuando, por tanto, aún no había concluido la Reconquista.

⁷³ Hierba.

⁷⁴ Especie de redecilla con la que se sujetaba la cola del caballo.

⁷⁵ Metafóricamente, se refiere a las manchas blancas de la piel.

⁷⁶ Color miel.

⁷⁷ Tanto las crines como el final de las patas.

⁷⁸ Parte del equipo militar, con la que se cubría el cuerpo y los brazos.

⁷⁹ Parte de la armadura que protegía el pecho.

⁸⁰ Parte de la armadura que protegía el dorso del caballero, o la espalda.

⁸¹ Casco.

⁸² Cinta de seda, o cualquier otro tejido, que se ponían en el brazo los caballeros con los colores de sus armas.

⁸³ Que ofreció dura resistencia.

despuntó la grama[73] fértil;
el codón[74], labrado en cintas
de ante; y el rizo copete,   480
cogido en blancas lazadas,
que con las moscas de nieve[75]
que bañan la blanca piel
iguales labores teje.
A su lado Fernán Gómez,   485
vuestro señor, en un fuerte
melado[76], de negros cabos[77],
puesto que con blanco bebe.
Sobre turca jacerina[78],
peto[79] y espaldar[80] luciente,   490
con naranjada casaca,
que de oro y perlas guarnece.
El morrión[81] que, coronado
con blancas plumas, parece
que del color naranjado   495
aquellos azares vierte.
Ceñida al brazo una liga[82]
roja y blanca, con que mueve
un fresno entero por lanza▼,
que hasta en Granada le temen.   500
La ciudad se puso en arma;
dicen que salir no quieren
de la corona real▼▼,
y el patrimonio defienden.
Entróla, bien resistida[83];   505
y el Maestre a los rebeldes
y a los que entonces trataron
su honor injuriosamente,
mandó cortar las cabezas;
y a los de la baja plebe,   510
con mordazas en la boca,
azotar públicamente.

▼ El asta de las lanzas solía hacerse con madera de fresno.

▼▼ Referencia a la disposición de las Cortes de Valladolid, de 1442, por la que se autorizaba la rebelión de las ciudades que fueran cedidas por el rey a otros señores.

515 Queda en ella tan temido
y tan amado, que creen
que, quien en tan pocos años
pelea, castiga y vence,
ha de ser en otra edad
rayo del África fértil,
que tantas lunas azules[84]
520 a su roja Cruz sujete.
Al Comendador y a todos
ha hecho tantas mercedes,
que el saco[85] de la ciudad
el de su hacienda parece.
525 Mas ya la música suena:
recebilde[86] alegremente,
que al triunfo, las voluntades
son los mejores laureles.

[84] Del mismo modo que la cruz es el símbolo del cristianismo, la media luna lo es del islam.

[85] Saqueo.

[86] Recibidle. Estas metátesis eran corrientes en el siglo XVII.

COMENTARIO 2 (Versos 457-528)

▶ *Señálese el tema esencial del fragmento.*

▶ *¿Qué forma métrica se utiliza en el texto?*

▶ *¿Existe alguna relación entre la clase social del personaje y la forma poética utilizada?*

▶ *¿Por qué se dedicará tanta atención a la descripción del caballo?*

▶ *¿Qué espíritu se evidencia en la descripción de la batalla?*

▶ *¿Qué grupos sociales intervienen en el combate?*

▶ *Destáquense los recursos estéticos utilizados.*

Sale el COMENDADOR *y* ORTUÑO, MÚSICOS, JUAN
ROJO *y* ESTEBAN, ALONSO, ALCALDES.

Cantan:	*Sea bien venido*

....
87 El empleo de la -*e*
paragógica es fre-
cuente en la poesía
tradicional como ar-
caísmo estilístico.

el Comendadore[87]   530
de rendir las tierras
y matar los hombres.
¡Vivan los Guzmanes!
¡Vivan los Girones!
Si en las paces blando,   535
dulce en las razones.
Venciendo moricos
fuertes como un roble,
de Ciudad Reale
viene vencedore;   540
que a Fuente Ovejuna
trae los sus pendones.
¡Viva muchos años,
viva Fernán Gómez▾*!*

COMENDADOR: Villa, yo os agradezco
                       [justamente   545
             el amor que me habéis aquí
                       [mostrado.
ALONSO: Aun no muestra una parte del
                       [que siente.
             Pero, ¿qué mucho que seáis
                       [amado,
             mereciéndolo vos?
ESTEBAN: Fuente
                       [Ovejuna

....
88 La corporación
municipal.

             y el regimiento[88] que hoy habéis
                       [honrado,   550
             que recibáis os ruega y
                       [importuna

||||||||||||||||||||||||||||||||||||||||||||||||||||||||||||||||||||||||||||||||||||||||||||||||||||||||||||||||||||||||||

▾ La canción pone de manifiesto que en el pueblo también había gente parti-
daria del comendador. Conviene, también, reparar en el carácter primitivo del
texto.

un pequeño presente, que esos
                              [carros
traen, señor, no sin vergüenza
                              [alguna,
de voluntades y árboles
                              [bizarros[89],

555   más que de ricos dones. Lo
                              [primero
traen dos cestas de polidos
                              [barros[90];
de gansos viene un ganadillo
                              [entero,
que sacan por las redes las
                              [cabezas,
para cantar vueso valor
                              [guerrero.
560   Diez cebones en sal, valientes
                              [piezas,
sin otras menudencias y cecinas;
y más que guantes de ámbar[91],
                              [sus cortezas.
Cien pares de capones y
                              [gallinas,
que han dejado viudos a sus
                              [gallos
565   en las aldeas que miráis vecinas.
Acá no tienen armas ni
                              [caballos,

[89] El que los presentes fuesen enramados les hacía parecer árboles.

[90] Botijos, búcaros.

[91] Más que al color amarillento, la referencia al ámbar debe ser por el olor.

no jaeces⁹² bordados de oro
                                    [puro,
si no es oro el amor de los
                                    [vasallos.
Y porque digo puro, os
                                    [aseguro
570   que vienen doce cueros⁹³, que
                                    [aun en cueros
por enero podéis guardar un
                                    [muro,
si dellos aforráis vuestros
                                    [guerreros,
mejor que de las armas aceradas;
que el vino suele dar lindos
                                    [aceros.
575   De quesos y otras cosas no
                                    [excusadas⁹⁴
no quiero daros cuenta; justo
                                    [pecho
de voluntades que tenéis
                                    [ganadas;
y a vos y a vuestra casa, ¡buen
                                    [provecho!

COMENDADOR: Estoy muy agradecido.
580   Id, regimiento, en buen hora.
ALONSO: Descansad, señor, agora,
                    y seáis muy bien venido;
                    que esta espadaña⁹⁵ que veis,
                    y juncia⁹⁶; a vuestros umbrales▼
585   fueran perlas orientales,
                    y mucho más merecéis,
                    a ser posible a la villa.
COMENDADOR: Así lo creo, señores.
                ¡Id con Dios!
ESTEBAN: ¡Ea, cantores,
590   vaya otra vez la letrilla!

▼ Era costumbre, en las grandes solemnidades, engalanar las calles con guirnal-
das de ramas y flores y alfombrar con hierbas olorosas el suelo.

⁹² Cintas para adornar las crines de los caballos.

⁹³ El vino se transportaba antiguamente en unos recipientes que eran la piel de un macho cabrío, sacada por la cabeza, sin hacerle más de un corte y untada de pez por dentro para garantizar la impermeabilidad.

⁹⁴ Superfluas.

⁹⁵ Hierba de hojas delgadas y finas.

⁹⁶ Especie de junco muy oloroso.

Cantan: Sea bien venido
                     el Comendadore
                     de rendir las tierras
                     y matar los hombres.

Vanse.

COMENDADOR: Esperad vosotras dos.   595
LAURENCIA: ¿Qué manda su señoría?
COMENDADOR: ¿Desdenes el otro día,
               pues, conmigo? ¡Bien, por Dios!
LAURENCIA: ¿Habla contigo, Pascuala?

....
[97] Expresión popular   PASCUALA: Conmigo no, ¡tirte ahuera [97]!   600
equivalente a nuestro   COMENDADOR: Con vos hablo, hermosa fiera,
actual ¡quita de ahí!   y con esotra [98] zagala.
....
[98] Esa otra.   ¿Mías no sois?
               PASCUALA: Sí, señor;
                                 mas no para cosas tales.   605
               COMENDADOR: Entrad, pasad los umbrales;
                             hombres hay, no hayáis temor.
               LAURENCIA: Si los alcaldes entraran,
                             que de uno soy hija yo,
....
[99] Fuera.   bien huera [99] entrar; mas si no...   610
               COMENDADOR: ¡Flores!
....
[100] Esperan.   FLORES: Señor...
               COMENDADOR: ¿Qué reparan [100]
                             en no hacer lo que les digo▾?
[101] Entrad. Rusticis-   FLORES: Entrá [101], pues.
mo.   LAURENCIA: No nos agarre.
....
               FLORES: Entrad, que sois necias.   615
[102] Interjección que   PASCUALA: Harre [102],
en el texto equivale a   que echaréis luego el postigo.
¡ay!, o a ¡huy!   FLORES: Entrad, que os quiere enseñar
                             lo que trae de la guerra.
               COMENDADOR: Si entraren, Ortuño, cierra.
....
[103] No se refiere a la   LAURENCIA: Flores, dejadnos pasar [103].
casa, sino al paso li-   ORTUÑO: ¡También venís presentadas
bre.   con lo demás!   620

|||||||||||||||||||||||||||||||||||||||||||||||||||||||||||||||||||||||||||||||||||||||||||||||||||||||||||
▾ Muestra del carácter despótico del comendador.

PASCUALA:	¡Bien a fe!
	Desvíese, no le dé...
FLORES:	¡Basta!, que son extremadas [104].
LAURENCIA:	¿No basta a vueso señor
	tanta carne presentada▼?
625 ORTUÑO:	La vuestra es la que le agrada.
LAURENCIA:	¡Reviente de mal dolor!

....
[104] Exageradas.

Vanse.

FLORES:	¡Muy buen recado llevamos!
	No se ha de poder sufrir
	lo que nos ha de decir
630	cuando [105] sin ellas nos vamos.
ORTUÑO:	Quien sirve se obliga a esto:
	si en algo desea medrar,
	o con paciencia ha de estar,
	o ha de despedirse presto.

....
[105] Porque. Valor causal.

||||||||||||||||||||||||||||||||||||||||||||||||||||||||||||||||||||||||||||||||||||||||||||||||||||||||||||||||||||||||||||||||||||||

▼ Juego de palabras muy propio del barroco, entre la alusión a la *carne* que le ofreció el pueblo para comer y los deseos lascivos hacia la mujer.

COMENTARIO 3 (Versos 548-578)

▬ *¿Cuántas sílabas tiene el verso 549?*

▬ *Indíquese la forma poética utilizada.*

▬ *Esta forma poética, teniendo en cuenta lo indicado por Lope en su* Arte nuevo de hacer comedias, *¿para qué ocasiones es adecuada?*

▬ *¿Qué peculiaridades presenta la última estrofa?*

▬ *Indíquense y coméntense los elementos barrocos del texto.*

▬ *La hostilidad del pueblo hacia el comendador, ¿es permanente a lo largo de toda la obra?*

[HABITACIÓN DEL PALACIO DE LOS REYES CATÓ-
LICOS]

Vanse los dos y salgan el REY DON FERNANDO, *la*
REINA DOÑA ISABEL, MANRIQUE *y acompaña-
miento.*

ISABEL: Digo, señor, que conviene▼   635
                   el no haber descuido en esto,
                   por ver Alfonso en tal puesto,
                   y su ejército previene.
                   Y es bien ganar por la mano[106]
                   antes que el daño veamos;   640
                   que, si no lo remediamos,
                   el ser muy cierto está llano[107].
REY: De Navarra y de Aragón
                   está el socorro seguro,
                   y de Castilla procuro   645
                   hacer la reformación
                   de modo que el buen suceso
                   con la prevención se vea.
ISABEL: Pues vuestra Majestad crea
                   que el buen fin consiste en eso.   650
MANRIQUE: Aguardando tu licencia
                   dos regidores están
                   de Ciudad Real; ¿entrarán?
REY: No les nieguen mi presencia.

Salen dos Regidores de Ciudad Real.

REGIDOR 1.º: Católico rey Fernando,   655
                   a quien ha enviado el cielo
                   desde Aragón a Castilla
                   para bien y amparo nuestro:
                   en nombre de Ciudad Real

[106] Anticiparse a otro en algo.

[107] Es evidente.

IIIIIIIIIIIIIIIIIIIIIIIIIIIIIIIIIIIIIIIIIIIIIIIIIIIIIIIIIIIIIIIIIIIIIIIIIIIIIIIIIIIIIIIIIIIIIIIIIIIIIIIIIIIIIIIIIIIIIIIIIIIIIII

▼ La conversación de los Reyes Católicos gira en torno a la guerra con el rey de
Portugal, quien, como ya hemos visto (nota al verso 101), defendía la causa de la
Beltraneja, pues aspiraba a su matrimonio con ella.

660 a vuestro valor supremo
     humildes nos presentamos,
     el real amparo pidiendo.
     A mucha dicha tuvimos
     tener título de vuestros,
665 pero pudo derribarnos
     deste honor el hado adverso.
     El famoso don Rodrigo▼
     Téllez Girón, cuyo esfuerzo
     es en valor extremado,
670 aunque es en la edad tan tierno,
     Maestre de Calatrava,
     él, ensanchar pretendiendo
     el honor de la encomienda,
     nos puso apretado cerco.
675 Con valor nos prevenimos,
     a su fuerza resistiendo,
     tanto, que arroyos corrían
     de la sangre de los muertos.
     Tomó posesión, en fin,
680 pero no llegara a hacerlo,
     a no le dar Fernán Gómez
     orden, ayuda y consejo.
     Él queda en la posesión,
     y sus vasallos seremos;
685 suyos, a nuestro pesar,
     a no remediarlo presto.

REY: ¿Dónde queda Fernán Gómez?
REGIDOR 1.º: En Fuente Ovejuna creo,
               por ser su villa, y tener
690   en ella casa y asiento.
               Allí, con más libertad
               de la que decir podemos,
               tiene a los súbditos suyos
               de todo contento ajenos.

||||||||||||||||||||||||||||||||||||||||||||||||||||||||||||||||||||||||||||||||||||||||||||||||||||||||||||||||||||||||||||||

▼ Los elogios que se dirigen al maestre intentan preparar el estado de ánimo del
espectador a acoger favorablemente el perdón por parte de los Reyes Católicos
cuando se somete a ellos.

REY:	¿Tenéis algún capitán? 695
REGIDOR 2.º:	Señor, el no haberle es cierto,
	pues no escapó ningún noble
	de preso, herido o de muerto.
ISABEL:	Ese caso no requiere
	ser despacio remediado, 700
	que es dar al contrario osado
	el mismo valor que adquiere;
	y puede el de Portugal,
	hallando puerta segura,
	entrar por Extremadura 705
	y causarnos mucho mal.
REY:	Don Manrique, partid luego,
	llevando dos compañías;
	remediad sus demasías [108],
	sin darles ningún sosiego. 710
	El conde de Cabra ir puede
	con vos, que es Córdoba osado,
	a quien nombre de soldado
	todo el mundo le concede;
	que éste es el medio mejor 715
	que la ocasión nos ofrece.
MANRIQUE:	El acuerdo me parece
	como de tan gran valor.
	Pondré límite a su exceso,
	si el vivir en mí no cesa. 720
ISABEL:	Partiendo vos a la empresa,
	seguro está el buen suceso [109].

[108] Excesos.

[109] Éxito.

[CAMPO DE FUENTE OVEJUNA]

Vanse todos y salen LAURENCIA *y* FRONDOSO.

LAURENCIA:	A medio torcer los paños,
	quise, atrevido Frondoso,
	para no dar que decir, 725
	desviarme del arroyo;
	decir a tus demasías
	que murmuran el pueblo todo,
	que me miras y te miro,
	y todos nos traen sobre ojo. 730

Y como tú eres zagal
de los que huellan[110] brioso
y, excediendo a los demás,
vistes bizarro y costoso,

735   en todo el lugar no hay moza
o mozo en el prado o soto,
que no se afirme diciendo
que ya para en uno somos;
y esperan todos el día

740   que el sacristán Juan Chamorro
nos eche de la tribuna,
en dejando los piporros[111].
Y mejor sus trojes vean
de rubio trigo en agosto

745   atestadas y colmadas,
y sus tinajas de mosto,
que tal imaginación
me ha llegado a dar enojo:
ni me desvela ni aflige,

750   ni en ella el cuidado pongo.
FRONDOSO: Tal me tienen tus desdenes,
bella Laurencia, que tomo,
en el peligro de verte,
la vida, cuando te oigo.

755   Si sabes que es mi intención
el desear ser tu esposo,
mal premio das a mi fe.
LAURENCIA: Es que yo no sé dar otro.
FRONDOSO: ¿Posible es que no te duelas

760   de verme tan cuidadoso,
y que, imaginando en ti,
ni bebo, duermo ni como?
¿Posible es tanto rigor
en ese angélico rostro?

765   ¡Viven los cielos, que rabio!

....
[110] Pisan. Ha de entenderse como tener seguridad en sí mismo.

....
[111] Instrumento musical, semejante a la flauta, utilizado por gente rústica.

LAURENCIA:	¡Pues salúdate[112], Frondoso!	[112] Cúrate, sánate.
FRONDOSO:	Ya te pido yo salud,	
	y que ambos como palomos	
	estemos, juntos los picos,	
770	con arrullos sonorosos,	
	después de darnos la Iglesia...	
LAURENCIA:	Dilo a mi tío Juan Rojo,	
	que, aunque no te quiero bien,	
	ya tengo algunos asomos.	
775 FRONDOSO:	¡Ay de mí! El señor es éste.	
LAURENCIA:	Tirando[113] viene algún corzo.	[113] Cazando. Recuér-
	¡Escóndete en esas ramas!	dese que la caza era el
FRONDOSO:	¡Y con qué celos me escondo!	entretenimiento favo-rito de la nobleza.

Sale el COMENDADOR:

COMENDADOR:	No es malo venir siguiendo	
780	un corcillo temeroso,	
	y topar tan bella gama.	
LAURENCIA:	Aquí descansaba un poco	
	de haber lavado unos paños;	
	y así, al arroyo me torno,	
785	si manda su señoría.	
COMENDADOR:	Aquesos desdenes toscos	
	afrentan, bella Laurencia,	
	las gracias que el poderoso	
	cielo te dio, de tal suerte	
790	que vienes a ser un monstro[114].	[114] En el siglo XVII la palabra no tenía la intencionalidad pe-yorativa de la actuali-dad, sino que, por el contrario, implicaba admiración por lo que se entendía como *fuera de lo normal, excepcional.*
	Mas, si otras veces pudiste	
	huir mi ruego amoroso,	
	agora no quiere el campo,	
	amigo secreto y solo;	
795	que tú sola no has de ser	
	tan soberbia, que tu rostro	
	huyas al señor que tienes,	
	teniéndome a mí en tan poco.	
	¿No se rindió Sebastiana,	
800	mujer de Pedro Redondo,	
	con ser casadas entrambas,	
	y la de Martín del Pozo,	

habiendo apenas pasado
dos días del desposorio?

LAURENCIA: Ésas, señor, ya tenían,   805
de haber andado con otros,
el camino de agradaros,
porque también muchos mozos
merecieron sus favores▼.
¡Id con Dios tras vueso corzo!   810
que, a no veros con la Cruz,
os tuviera por demonio,
pues tanto me perseguís.

COMENDADOR: ¡Qué estilo tan enfadoso!
Pongo la ballesta en tierra,   815

115 Práctica.

y a la prática [115] de manos
reduzgo [116] melindres.

116 Reduzco. Esta forma verbal contribuye a subrayar el aire rústico.

LAURENCIA: ¡Cómo!
¿Eso hacéis? ¿Estáis en vos?

Sale FRONDOSO *y toma la ballesta.*

COMENDADOR: No te defiendas.
FRONDOSO: Si tomo
la ballesta, ¡vive el cielo,   820
que no la ponga en el hombro...!
COMENDADOR: Acaba, ríndete.
LAURENCIA: ¡Cielos,
ayudadme agora!
COMENDADOR: Solos
estamos; no tengas miedo.
FRONDOSO: Comendador generoso,   825
dejad la moza o creed
que de mi agravio y enojo
será blanco vuestro pecho,
aunque la Cruz me da asombro.

||||||||||||||||||||||||||||||||||||||||||||||||||||||||||||||||||||||||||||||||||||||||||||||||||||||||||||||||||

▼ Estos versos nos aclaran que no todas las mujeres con las que mantuvo relaciones el comendador fueron violentadas, sino que algunas consintieron de grado. El detalle es interesante, pues nos evidencia que Lope no se limitó a una drástica y simple división primaria entre clases sociales diferentes, con características sistemáticamente negativas en una y positivas en la otra.

830   COMENDADOR: ¡Perro villano!
      FRONDOSO: No hay perro.
                    ¡Huye, Laurencia!
      LAURENCIA: ¡Frondoso,
                    mira lo que haces!
      FRONDOSO: Vete.

      Vase.

      COMENDADOR: ¡Oh, mal haya el hombre loco,
835   que se desciñe la espada!
                    Que, de no espantar medroso
                    la caza, me la quité.

      FRONDOSO: Pues, pardiez, señor, si toco
                    la nuez[117], que os he de
                                    [apiolar[118].
840   COMENDADOR: Ya es ida. Infame, alevoso,
                    ¡suelta la ballesta luego[119]!
                    ¡Suéltala, villano!

      FRONDOSO: ¿Cómo?
                    Que me quitaréis la vida.
                    Y advertid que amor es sordo,
845   y que no escucha palabras
                    el día que está en su trono.

      COMENDADOR: ¿Pues la espalda ha de volver
                    un hombre tan valeroso
850   a un villano? ¡Tira, infame,
                    tira, y guárdate, que rompo
                    las leyes de caballero!

      FRONDOSO: Eso no. Yo me conformo
855   con mi estado, y, pues me es
                    guardar la vida forzoso,
                    con la ballesta me voy.

      COMENDADOR: ¡Peligro extraño y notorio!
                    Mas yo tomaré venganza
                    del agravio y del estorbo.
                    ¡Que no cerrara[120] con él!
                    ¡Vive el cielo, que me corro[121]!

---

[117] El gancho que mantiene tensa la cuerda de la ballesta.

[118] Matar. Se trata de un vulgarismo.

[119] Inmediatamente.

[120] Embistiera.

[121] Indigno, avergüenzo.

ACTO SEGUNDO

Salen ESTEBAN *y el* REGIDOR 1.º

ESTEBAN: Así tenga salud, como parece,   860
            que no se saque más agora el
                                [pósito[1].
            El año apunta mal, y el tiempo
                                [crece[2],
            y es mejor que el sustento esté en
                                [depósito,
            aunque lo contradicen más de
                                [trece.
REGIDOR 1.º: Yo siempre he sido, al fin, deste   865
                                [propósito,
            en gobernar en paz esta
                                [república.

----

[1] Granero.

----

[2] Pasa. Tal vez la expresión se basase en el montón que se iba formando en los relojes de arena.

ESTEBAN: Hagamos dello a Fernán Gómez
                                    [súplica.

                No se puede sufrir que estos
                                    [astrólogos
                en las cosas futuras, y
                                    [ignorantes,
870   nos quieran persuadir con
                                    [largos prólogos
                los secretos a Dios sólo
                                    [importantes.
                ¡Bueno es que, presumiendo de
                                    [teólogos,
                hagan un tiempo el que después
                                    [y antes!
                Y pidiendo el presente lo
                                    [importante,
875   al más sabio veréis más
                                    [ignorante.

                ¿Tienen ellos las nubes en su
                                    [casa,
                y el proceder de las celestes
                                    [lumbres?
                ¿Por dónde ven lo que en el
                                    [cielo pasa,
                para darnos con ello
                                    [pesadumbres?
880   Ellos en el sembrar nos ponen
                                    [tasa: ....
                daca³ el trigo, cebada y las   ³ Da acá.
                                    [legumbres,
                calabazas, pepinos y mostazas...
                ¡Ellos son, a la fe, las calabazas!

                Luego cuentan que muere
                                    [una cabeza,
885   y después viene a ser en
                                    [Trasilvania³ᵇⁱˢ;   ³ᵇⁱˢ Territorio de la
                que el vino será poco, y la   actual Rumania. Pos-
                                                     teriormente se citan
                                    [cerveza   Gascuña, región
                sobrará por las partes de   francesa, e Hircania,
                                    [Alemania;   comarca de Persia.

que ·se helará en Gascuña la
[cereza,
y que habrá muchos tigres en
[Hircania.
Y al cabo, al cabo, se siembre o   890
[no se siembre,
el año se remata por diciembre.

Salen el LICENCIADO LEONELO *y* BARRILDO.

LEONELO: A fe, que no ganéis la
[palmatoria[4],
porque ya está ocupado el
[mentidero[5].
BARRILDO: ¿Cómo os fue en Salamanca?
LEONELO: Es
[larga historia.
BARRILDO: Un Bártulo[6] seréis.   895
LEONELO: Ni aun un
[barbero.
Es, como digo, cosa muy notoria
en esta facultad lo que os refiero.
BARRILDO: Sin duda que venís buen
[estudiante.
LEONELO: Saber he procurado lo
[importante.
BARRILDO: Después que vemos tanto   900
[libro impreso▼,
no hay nadie que de sabio no
[presuma.
LEONELO: Antes, que ignoran más siento
[por eso,
por no se reducir a breve suma,

4 Palmeta o regla con la que se golpeaba a los alumnos por sus faltas de disciplina o de aplicación.

5 Lugar en el que se reunía la gente para conversar y propagar todo tipo de rumores.

6 Bartolo de Sassoferrato, jurista italiano del siglo XIV.

▼ Alusión al auge alcanzado por la imprenta en el siglo XVII, lo que supone un anacronismo con relación a la época de la rebelión de Fuente Ovejuna, acaecida el 23 de abril de 1476. El primer texto impreso en España lo constituyeron las actas de un sínodo episcopal celebrado en Segovia, que se imprimieron en dicha ciudad en 1472.

porque la confusión, con el
                  [exceso,
905   los intentos resuelve en vana
                  [espuma;
y aquel que de leer tiene más
                  [uso,
de ver letreros sólo está
                  [confuso .
No niego yo que de imprimir
                  [el arte
mil ingenios sacó de entre la
                  [jerga,
910   y que parece que en sagrada
                  [parte
sus obras guarda y contra el
                  [tiempo alberga;
éste las destribuye[7] y las reparte.
Débese esta invención a
                  [Gutemberga[8],
un famoso tudesco[9] de
                  [Maguncia,
915   en quien la fama su valor
                  [renuncia.
Mas muchos que opinión
                  [tuvieron grave,
por imprimir sus obras la
                  [perdieron;
tras esto, con el nombre del que
                  [sabe,
muchos sus ignorancias
                  [imprimieron.

[7] Distribuye. En el habla popular del siglo XVII se mantenía vacilante el timbre de las vocales átonas.

[8] Se refiere a Juan de Gutenberg, natural de Maguncia, y a quien corresponde la invención de la imprenta.

[9] Alemán.

920   Otros, en quien la baja envidia
                                           [cabe,
                            sus locos desatinos escribieron,
                            y con nombre de aquel que
                                           [aborrecían,
                            impresos por el mundo los
                                           [envían▼.
BARRILDO: No soy desa opinión.
LEONELO: El
                                           [ignorante
925   es justo que se vengue del
                                           [letrado.
BARRILDO: Leonelo, la impresión es
                                           [importante.
LEONELO: Sin ella muchos siglos se han
                                           [pasado,
                            y no vemos que en éste se levante
                            un Jerónimo santo, un
                                           [Agustino .
930 BARRILDO: Dejadlo y asentaos, que estáis
                                           ....
                                           [mohíno¹⁰.   ¹⁰ Cabizbajo, disgus-
                                                          tado.

Salen JUAN ROJO *y otro* LABRADOR.

JUAN ROJO: No hay en cuatro haciendas
                                           [para un dote,
                            si es que las vistas han de ser al
                                           [uso;
                            que el hombre que es curioso es
                                           [bien que note
                            que en esto el barrio y bulgo
                                           [anda confuso.
935 LABRADOR: ¿Qué hay del Comendador? ¡No
                                           [os alborote!

||||||||||||||||||||||||||||||||||||||||||||||||||||||||||||||||||||||||||||||||||||||||||||||||||||||||||||||||||||||||||||||||||||

▼ En estos versos hemos de ver que Lope pensaba en las polémicas literarias tan
frecuentes en su época, muchas de las cuales se centraron en torno a su obra y
personalidad.

JUAN ROJO: ¡Cuál a Laurencia en ese campo
                                                       [puso!
LABRADOR: Quien fue cual él, tan bárbaro y
                                                       [lascivo,
               colgado le vea yo de aquel olivo.

Salen el COMENDADOR, ORTUÑO y FLORES.

COMENDADOR: ¡Dios guarde la buena gente!

[11] Concejal.

REGIDOR [11]: ¡Oh, señor!   940
COMENDADOR: ¡Por vida mía,
               que se estén!

[12] Vuestra señoría.
Forma de tratamiento
claramente rústica.

ALCALDE: Vusiñoría [12],
               adonde suele se siente,
                  que en pie estaremos muy
                                                       [bien.
COMENDADOR: ¡Digo que se han de sentar!
ESTEBAN: De los buenos es honrar,   945
               que no es posible que den
               honra los que no la tienen.
COMENDADOR: Siéntense; hablaremos algo.
ESTEBAN: ¿Vio vusiñoría el galgo?
COMENDADOR: Alcalde, espantados vienen   950
               esos criados de ver
               tan notable ligereza.
ESTEBAN: Es una extremada pieza.
               Pardiez, que puede correr
                  a un lado de un delincuente   955
               o de un cobarde en quistión▼.
COMENDADOR: Quisiera en esta ocasión
               que le hiciérades pariente
                  a una liebre que por pies
               por momentos se me va.   960
ESTEBAN: Sí haré, por Dios. ¿Dónde está?

▼ Una de las más despectivas acusaciones que se podían hacer a un hombre era
la de cobarde. Tengamos presente cómo Cervantes, en el prólogo a la segunda parte del *Quijote,* afirma que el soldado mejor está muerto en el campo de batalla
que vivo en la huida.

COMENDADOR:	Allá: vuestra hija es.
ESTEBAN:	¿Mi hija?
COMENDADOR:	Sí.
ESTEBAN:	Pues ¿es buena

para alcanzada de vos?

965 COMENDADOR: Reñilda[13], alcalde, por Dios.

ESTEBAN: ¿Cómo?

COMENDADOR: Ha dado en darme pena,
Mujer hay, y principal,
de alguno que está en la plaza,
que dio, a la primera traza,
970   traza de verme.

ESTEBAN: Hizo mal.
Y vos, señor, no andáis bien
en hablar tan libremente.

COMENDADOR: ¡Oh, qué villano elocuente!
¡Ah, Flores!, haz que le den
975   la *Política*[14], en que lea,
de Aristóteles.

ESTEBAN: Señor,
debajo de vuestro honor
vivir el pueblo desea.
Mirad que en Fuente Ovejuna
980   hay gente muy principal.

LEONELO: ¿Vióse desvergüenza igual?

COMENDADOR: Pues ¿he dicho cosa alguna
de que os pese, Regidor?

REGIDOR: Lo que decís es injusto;
985   no lo digáis, que no es justo
que nos quitéis el honor.

COMENDADOR: ¿Vosotros honor tenéis?
¡Qué freiles de Calatrava!

REGIDOR: Alguno acaso se alaba
990   de la Cruz que le ponéis,
que no es de sangre tan
[limpia▼.

13 Reñidla.

14 Título de la obra, formada por ocho libros, en donde Aristóteles expuso sus ideas sociológicas, jurídicas y políticas.

▼ Reflejo de la opinión defendida por los labradores de ser todos ellos cristianos viejos. Recordemos que no podía ser nombrado caballero de una orden militar quien no probase su limpieza de sangre.

COMENDADOR: ¿Y ensúciola yo juntando
la mía a la vuestra?

REGIDOR: Cuando
que[15] el mal más tiñe que
                    [alimpia[16].

COMENDADOR: De cualquier suerte que sea,   995
vuestras mujeres se honran.

ALCALDE: Esas palabras deshonran;
las obras, no hay quien las crea.

COMENDADOR: ¡Qué cansado villanaje!
¡Ah! ¡Bien hayan las ciudades▼   1000
que a hombres de calidades
no hay quien sus gustos ataje!
Allá se precian casados
que visiten sus mujeres.

ESTEBAN: No harán, que con esto quieres   1005
que vivamos descuidados.
En las ciudades hay Dios,
y más presto quien castiga.

COMENDADOR: ¡Levantaos de aquí!

ALCALDE: ¡Que diga
lo que escucháis por los dos!   1010

COMENDADOR: ¡Salí[17] de la plaza luego!
No quede ninguno aquí.

ESTEBAN: Ya nos vamos.

COMENDADOR: ¡Pues no ansí[18]!

FLORES: Que te reportes te ruego.

COMENDADOR: ¡Querrían hacer corrillo[19]   1015
los villanos en mi ausencia!

ORTUÑO: Ten un poco de paciencia.

COMENDADOR: De tanta me maravillo.
Cada uno de por sí
se vayan hasta sus casas.   1020

---

[15] Puesto que. Valor causal.

[16] Limpia. La a protética se debe al deseo del autor de intensificar el ambiente rústico.

[17] Salid. La apócope de la consonante final del imperativo es otro vulgarismo, aunque se trataba de una forma bastante extendida en el siglo XVII.

[18] Así.

[19] Se trataba del corro que formaba un grupo de personas que hablaban o discutían. Adquiere un valor despectivo porque se pensaba que lo que se trataba no era nunca nada bueno.

▼ La oposición entre corte y aldea fue frecuente a lo largo del Renacimiento (fray Antonio de Guevara escribió un *Menosprecio de corte y alabanza de aldea*). Ello enlazaba con el gusto que el arte renacentista mostró por la naturaleza, consecuencia, en buena medida, de las ya citadas ideas neoplatónicas, verdadera base del pensamiento del XVI, sobre la naturaleza como inspiradora del arte.

LEONELO: ¡Cielo! ¿Que por esto pasas?
ESTEBAN: Ya yo me voy por aquí.

Vanse.

COMENDADOR: ¿Qué os parece desta gente?
ORTUÑO: No sabes disimular
1025   que no quieren escuchar
              el disgusto que se siente.
COMENDADOR: ¿Éstos se igualan conmigo?
FLORES: Que no es aqueso igualarse.
COMENDADOR: Y el villano, ¿ha de quedarse
1030   con ballesta y sin castigo▼?
FLORES: Anoche pensé que estaba
              a la puerta de Laurencia;
              y a otro, que su presencia
              y su capilla[20] imitaba,
1035   de oreja a oreja le di
              un beneficio famoso▼▼.
COMENDADOR: ¿Dónde estará aquel Frondoso?
FLORES: Dicen que anda por ahí.
COMENDADOR: ¿Por ahí se atreve a andar
1040   hombre que matarme quiso?
FLORES: Como el ave sin aviso
              o como el pez, viene a dar
              al reclamo o al anzuelo.
COMENDADOR: ¡Que a un capitán cuya espada
1045   tiemblan Córdoba y Granada,
              un labrador, un mozuelo,

[20] Pieza de tela cosida a la espalda de la capa.

||||||||||||||||||||||||||||||||||||||||||||||||||||||||||||||||||||||||||||||||||||||||||||||||||||||||||||||||||||||

▼ La acción enlaza con la última escena del acto primero, en la que Frondoso se apropió de la ballesta.

▼▼ *Beneficio* se llamaba tanto a cualquier cargo administrativo o eclesiástico que implicaba «beneficiarse» de unas determinadas rentas, como el contar con semejantes ingresos dentro de una orden militar, por ejemplo el cargo de comendador. En el texto, Flores juega con el doble sentido de la palabra cruzar (llevar en el pecho la cruz de una orden militar, de la que se es caballero, y atravesar la cara de parte a parte, como en este caso ocurre con la cuchillada).

ponga una ballesta al pecho!
El mundo se acaba, Flores.

FLORES: Como eso pueden amores.
Y pues que vives, sospecho   1050
que grande amistad le debes.

COMENDADOR: Yo he disimulado, Ortuño,
que si no, de punta a puño,
antes de dos horas breves

[21] Se sobreentiende «por las armas», lo que indica el deseo de venganza abrigado por el comendador.

pasara todo el lugar[21];   1055
que hasta que llegue ocasión
al freno de la razón
hago la venganza estar.
¿Qué hay de Pascuala?

FLORES: Responde
que anda agora por casarse.   1060

COMENDADOR: Hasta allá quiere fiarse...

FLORES: En fin, te remite donde

[22] En efectivo.

te pagarán de contado[22].

COMENDADOR: ¿Qué hay de Olalla?

ORTUÑO: Una
                                   [graciosa
respuesta.   1065

COMENDADOR: Es moza briosa.
¿Cómo?

ORTUÑO: Que su desposado
anda tras ella estos días
celoso de mis recados,
y de que con tus criados

[23] Visitarla.

a visitalla[23] venías.   1070
Pero que, si se descuida,
entrarás como primero.

COMENDADOR: ¡Bueno, a fe de caballero!
Pero el villanejo cuida...

[24] Tiene elevados pensamientos.

ORTUÑO: Cuida, y anda por los aires[24].   1075

COMENDADOR: ¿Qué hay de Inés?

FLORES: ¿Cuál?

COMENDADOR: La de
                                   [Antón.

FLORES: Para cualquier ocasión
te ha ofrecido sus donaires.

	Habléla por el corral,
1080	por donde has de entrar si
	[quieres.
COMENDADOR:	A las fáciles mujeres
	quiero bien y pago mal.
	Si éstas supiesen, oh Flores,
	estimarse en lo que valen...
1085 FLORES:	No hay disgustos que se igualen
	a contrastar sus favores.
	Rendirse presto desdice
	de la esperanza del bien;
	mas hay mujeres también,
1090	porque el filósofo dice▼,
	que apetecen a los hombres
	como la forma desea
	la materia; y que esto sea
	así, no hay de qué te asombres.
1095 COMENDADOR:	Un hombre de amores loco
	huélgase²⁵ que a su accidente
	se le rindan fácilmente,
	mas después las tiene en poco;
	y el camino de olvidar,
1100	al hombre más obligado,
	es haber poco costado
	lo que pudo desear.

²⁵ Se regocija.

Sale CIMBRANOS, *soldado.*

SOLDADO:	¿Está aquí el Comendador?
ORTUÑO:	¿No le ves en tu presencia?
1105 SOLDADO:	¡Oh, gallardo Fernán Gómez!
	Trueca la verde montera²⁶

²⁶ Gorro en forma de casquete, que tapaba la frente y las orejas.

▼ Estas referencias eran siempre a Aristóteles, el filósofo por excelencia. La misma idea la encontramos en el *Libro de buen amor*, del Arcipreste de Hita:

«Como dice Aristóteles, cosa es verdadera.
El mundo por dos cosas trabaja: la primera,
por haber mantenencia; e la otra cosa era
por haber juntamiento con fembra placentera» (75).

De este modo, se subraya el carácter popular de la intervención de Flores.

en el blanco morrïón,
y el gabán 27 en armas nuevas▾;
que el Maestre de Santiago▾▾,
y el Conde de Cabra cercan   1110
a don Rodrigo Girón,
por la castellana Reina▾▾▾,
en Ciudad Real; de suerte
que no es mucho que se pierda
lo que en Calatrava sabes   1115
que tanta sangre le cuesta.

||||||||||||||||||||||||||||||||||||||||||||||||||||||||||||||||||||||||||||||||||||||||||||||||||||||||||||||||||||||||||||||||||||||||||||||||||||||||||||||||||||

▾ La idea es la de cambiar las prendas de vestir por las de combatir.

▾▾ El maestre de la Orden de Santiago era el cargo nobiliario de más importancia en todo el reino, pues sólo le superaba en jerarquía el propio rey.

▾▾▾ Se refiere a Isabel la Católica. Se la llama castellana porque la causa contraria la encabeza el rey de Portugal.

                        Ya divisan con las luces,
                        desde las altas almenas,
                        los castillos y leones
1120   y barras aragonesas▼.
                        Y aunque el Rey de Portugal
                        honrar a Girón quisiera,
                        no hará poco en que el Maestre
                        a Almagro con vida vuelva.
1125   Ponte a caballo, señor,
                        que sólo con que te vean,
                        se volverán a Castilla.
COMENDADOR: No prosigas; tente, espera.
                        Haz, Ortuño, que en la plaza
1130   toquen luego una trompeta.
                        ¿Qué soldados tengo aquí?
ORTUÑO: Pienso que tienes cincuenta.
COMENDADOR: Pónganse a caballo todos.
SOLDADO: Si no caminas apriesa,
1135   Ciudad Real es del Rey▼▼.
COMENDADOR: No hayas miedo que lo sea.

Vanse.

||||||||||||||||||||||||||||||||||||||||||||||||||||||||||||||||||||||||||||||||||||||||||||||||||||||||||||||||||||||||||||||||||||||||||||||||||

▼ Alusión a la presencia de los Reyes Católicos, manifestada a través de su escudo de armas. Desde la unión de los reinos de Castilla y León en una sola corona, el escudo del nuevo reino, dividido en cuatro cuarteles, ostentaba el castillo
sobre campo gules (rojo) de Castilla, y el león rampante sobre campo de plata
(blanco) de León. Con el matrimonio de Isabel y Fernando, al unirse los reinos
de Castilla y Aragón, surgirá un nuevo escudo en el que también figurarán las
armas aragonesas, así como las del reino de Sicilia, consistentes en cuatro barras
gules (rojas) en campo de oro (amarillo); todo ello sostenido por el águila de San
Juan.
    Este escudo, al que más tarde se añadiría la granada del reino de Granada y
las cadenas del de Navarra, constituye, en esencia, la base del actual escudo de armas de España.

▼▼ Recuérdese cómo en el primer acto la conquistó el maestre de Calatrava.

[CAMPO DE FUENTE OVEJUNA]

Salen MENGO *y* LAURENCIA *y* PASCUALA, *huyendo.*

PASCUALA: No te apartes de nosotras.
MENGO: Pues ¿aquí tenéis temor?
LAURENCIA: Mengo, a la villa es mejor
               que vamos²⁸ unas con otras,   1140
               pues que no hay hombre
                                     [ninguno,
               porque no demos con él.
MENGO: ¡Que este demonio crüel
               nos sea tan importuno!
LAURENCIA: No nos deja a sol ni a sombra.   1145
MENGO: ¡Oh, rayo del cielo baje
               que sus locuras ataje!
LAURENCIA: Sangrienta fiera le nombra²⁹,
               arsénico y pestilencia
               del lugar.   1150
MENGO: Hanme contado
               que Frondoso, aquí, en el prado,
               para librarte, Laurencia,
               le puso al pecho una jara³⁰.
LAURENCIA: Los hombres aborrecía,
               Mengo, mas desde aquel día   1155
               los miro con otra cara.
                   ¡Gran valor tuvo Frondoso!
               Pienso que le ha de costar
               la vida.
MENGO: Que del lugar
               se vaya, será forzoso.   1160
LAURENCIA: Aunque ya le quiero bien,
               eso mismo le aconsejo;
               mas recibe mi consejo
               con ira, rabia y desdén.
                   Y jura el Comendador   1165
               que le ha de colgar de un pie.
PASCUALA: ¡Mal garrotillo³¹ le dé!
MENGO: Mala pedrada es mejor.
                   ¡Voto al sol, si le tirara

²⁸ Vayamos.

²⁹ Denomínale.

³⁰ Saeta.

³¹ Difteria.

1170	con la³² que llevo al apero,
	que al sonar el crujidero³³,
	al casco se la encajara!
	No fue Sábalo, el romano▼,
	tan vicioso por jamás.
1175 LAURENCIA:	Heliogábalo dirás,
	más que una fiera, inhumano.
MENGO:	Pero Galván, o quién fue▼▼,
	que yo no entiendo de historia,
	mas su cativa³⁵ memoria
1180	vencida deste se ve.
	¿Hay hombre en naturaleza
	como Fernán Gómez?
PASCUALA:	No,
	que parece que le dio
	de una tigre▼▼▼ la aspereza.

....
³² El pronombre se refiere a la honda.

....
³³ Ruido de las cuerdas de la honda al soltar la piedra.

....
³⁴ Desdichada.

Sale JACINTA.

1185 JACINTA:	¡Dadme socorro, por Dios,
	si la amistad os obliga!
LAURENCIA:	¿Qué es esto, Jacinta amiga?
PASCUALA:	Tuyas lo somos las dos.
JACINTA:	Del Comendador criados,
1190	que van a Ciudad Real,
	más de infamia natural
	que de noble acero armados,
	me quieren llevar a él.
LAURENCIA:	Pues Jacinta, Dios te libre,
1195	que, cuando contigo es libre,
	conmigo será cruel.

Vase.

||||||||||||||||||||||||||||||||||||||||||||||||||||||||||||||||||||||||||||||||||||||||||||||||||||||||||||||||||||||

▼ Por ignorancia pronuncia *Sábalo* en vez de *Heliogábalo,* a quien se refiere.

▼▼ El nombre procede de un moro del *Romancero.* De ahí que Mengo aluda a él con cierta vaguedad.

▼▼▼ Era frecuente, en el siglo XVII, referirse a las fieras empleando el femenino, aparte del sexo del ejemplar de referencia.

PASCUALA: Jacinta, yo no soy hombre
que te pueda defender.

Vase.

MENGO: Yo sí lo tengo de ser,
porque tengo el ser y el nombre.   1200
Llégate, Jacinta, a mí.
JACINTA: ¿Tienes armas?
MENGO: Las primeras
del mundo.
JACINTA: ¡Oh, si las tuvieras!
MENGO: Piedras hay, Jacinta, aquí.

Salen FLORES *y* ORTUÑO.

FLORES: ¿Por los pies pensabas irte?   1205
JACINTA: Mengo, ¡muerta soy!
MENGO: Señores,
¿a estos pobres labradores...?
ORTUÑO: Pues, ¿tú quieres persuadirte
a defender la mujer?
MENGO: Con los ruegos la defiendo,   1210
que soy su deudo y pretendo
guardalla[35], si puede ser.
FLORES: Quitalde[36] luego la vida.
MENGO: ¡Voto al sol, si me
                     [emberrincho[37],
y el cáñamo[38] me descincho,   1215
que la llevéis bien vendida!

Salen el COMENDADOR *y* CIMBRANOS.

COMENDADOR: ¿Qué es eso? ¿A cosas tan viles
me habéis de hacer apear?
FLORES: Gente deste vil lugar,
que ya es razón que aniquiles   1220
pues en nada te da gusto,
a nuestras armas se atreve.
MENGO: Señor, si piedad os mueve
de soceso[39] tan injusto,

---

[35] Guardarla.

[36] Quitadle.

[37] Me enfado.

[38] La cuerda de la honda. Ejemplo de sinécdoque.

[39] Acontecimiento.

1225   castigad estos soldados,
                                 que con vuestro nombre agora
                                 roban una labradora
                                 a esposo y padres honrados,
                                 y dadme licencia a mí
1230   que se la pueda llevar.
COMENDADOR: Licencia les quiero dar...
                                 para vengarse de ti.
                                 ¡Suelta la honda!
MENGO: ¡Señor...!
COMENDADOR: Flores, Ortuño, Cimbranos,
1235   con ella le atad las manos.
MENGO: ¿Así volvéis[40] por su honor▼?   [40] Cuando el verbo
COMENDADOR: ¿Qué piensan Fuente Ovejuna   volver regía la prepo-
                                 y sus villanos de mí?   sición *por* significaba
MENGO: Señor, ¿en qué os ofendí,   *defender.*
1240   ni el pueblo, en cosa ninguna?
FLORES: ¿Ha de morir?
COMENDADOR: No ensuciéis
                                 las armas que habéis de honrar
                                 en otro mejor lugar.
ORTUÑO: ¿Qué mandas?
COMENDADOR: Que lo azotéis.
1245   Llevalde[41], y en ese roble   [41] Llevadle.
                                 le atad y le desnudad,
                                 y con las riendas...
MENGO: ¡Piedad!
                                 ¡Piedad, pues sois hombre
                                 [noble!
COMENDADOR: ... azotalde[42] hasta que salten   [42] Azotadle.
1250   los hierros de las correas.
MENGO: ¡Cielos! ¿A hazañas tan feas
                                 queréis que castigos falten ?

Vanse.

||||||||||||||||||||||||||||||||||||||||||||||||||||||||||||||||||||||||||||||||||||||||||||||||||||||||||||||||||||||||||||||||||||||||||

▼ Era inexcusable y principal deber del señor velar por el honor de sus vasallos,
hasta el extremo que el señor quedaba deshonrado si permanecía impasible ante
la afrenta que se hiciese a cualquiera de sus deudos. Ello enlaza con el sentido
colèctivo del honor y la necesidad de la venganza, de origen germánico, como ya
apuntamos en la *introducción.*

COMENDADOR:	Tú, villana, ¿por qué huyes?
	¿Es mejor un labrador
	que un hombre de mi valor? 1255
JACINTA:	¡Harto bien me restituyes
	el honor que me han quitado
	en llevarme para ti!
COMENDADOR:	¿En quererte llevar?
JACINTA:	Sí,
	porque tengo un padre honrado, 1260
	que si en alto nacimiento
	no te iguala, en las costumbres
	te vence.
COMENDADOR:	Las pesadumbres
	y el villano atrevimiento
	no tiemplan⁴²ᵇⁱˢ bien un ai- 1265
	rado.
	¡Tira por ahí!
JACINTA:	¿Con quién?
COMENDADOR:	Conmigo.
JACINTA:	Míralo bien.
COMENDADOR:	Para tu mal lo he mirado.
	Ya no mía, ¡del bagaje⁴³
	del ejército has de ser! 1270
JACINTA:	¡No tiene el mundo poder
	para hacerme, viva, ultraje!
COMENDADOR:	¡Ea, villana, camina!
JACINTA:	¡Piedad, señor!
COMENDADOR:	¡No hay piedad!
JACINTA:	Apelo de tu crueldad 1275
	a la justicia divina▼.

Llévanla y vanse, y salen LAURENCIA *y* FRON-
DOSO.

LAURENCIA:	¿Cómo así a venir te atreves,
	sin temer tu daño?

⁴² ᵇⁱˢ Templan.

⁴³ El material que se llevaba para abastecimiento y servicio del ejército.

▼ Al proceder de Dios, el poder del señor; esta declaración manifiesta el deseo de exigir rendición de cuentas al comendador. En cierto modo, esta actitud quedó ya expuesta en los versos 1251-1252, en los que Mengo pedía el castigo divino.

FRONDOSO:	Ha sido
	dar testimonio cumplido
1280	de la afición que me debes.
	Desde aquel recuesto[44] vi
	salir al Comendador,
	y, fiado en tu valor,
	todo mi temor perdí.
1285	¡Vaya donde no le vean
	volver!
LAURENCIA:	Tente en maldecir,
	porque suele más vivir
	al que la muerte desean.
FRONDOSO:	Si es eso, viva mil años,
1290	y así se hará todo bien,
	pues deseándole bien,
	estarán ciertos sus daños.
	Laurencia, deseo saber
	si vive en ti mi cuidado,
1295	y si mi lealtad ha hallado
	el puerto de merecer.
	Mira que toda la villa
	ya para en uno nos tiene;
	y de cómo a ser no viene,
1300	la villa se maravilla.
	Los desdeñosos extremos
	deja, y responde no o sí.
LAURENCIA:	Pues a la villa y a ti
	respondo que lo seremos.
1305 FRONDOSO:	Deja que tus plantas bese
	por la merced recibida,
	pues el cobrar nueva vida
	por ella es bien que confiese.

....

[44] Repecho, altura.

LAURENCIA:	De cumplimientos acorta,
1310	y, para que mejor cuadre,
	habla, Frondoso, a mi padre,
	pues es lo que más importa,
	que allí viene con mi tío;
	y fía que ha de tener
1315	ser, Frondoso, tu mujer
	buen suceso.
FRONDOSO:	¡En Dios confío!

Escóndese.

Salen ESTEBAN, ALCALDE *y el* REGIDOR.

ALCALDE:	Fue su término de modo	
	que la plaza alborotó.	..........................,......
	En efeto⁴⁵, procedió	⁴⁵ Efecto.
1320	muy descomedido en todo.	
	No hay a quien admiración	
	sus demasías no den.	
	La pobre Jacinta es quien	
	pierde por su sinrazón.	
1325 REGIDOR:	Ya a los Católicos Reyes,	
	que este nombre les dan ya,	
	presto España les dará	
	la obediencia de sus leyes.	
	Ya sobre Ciudad Real,	
1330	contra el Girón que la tiene,	
	Santiago a caballo viene▼	
	por capitán general.	
	Pésame, que era Jacinta	
	doncella de buena pro.	
1335 ALCALDE:	¿Luego a Mengo le azotó?	
REGIDOR:	No hay negra bayeta o tinta	
	como sus carnes están.	
ALCALDE:	Callad, que me siento arder,	
	viendo su mal proceder	
1340	y el mal nombre que le dan.	

▼ Alusión al maestre de la Orden de Santiago. Ejemplo de *antonomasia*.

....

46 Bastón de mando.

Yo ¿para qué traigo aquí
este palo 46 sin provecho?

REGIDOR: Si sus criados lo han hecho,
¿de qué os afligís ansí▼ ?

ALCALDE: ¿Queréis más? Que me   1345
[contaron
que a la de Pedro Redondo
un día que en lo más hondo
deste valle la encontraron,
después de sus insolencias,
a sus criados la dio.   1350

REGIDOR: Aquí hay gente. ¿Quién es?

FRONDOSO: Yo,
que espero vuestras licencias.

REGIDOR: Para mi casa, Frondoso,
licencia no es menester;
debes a tu padre el ser,   1355
y a mí otro ser amoroso.
Hete criado, y te quiero
como a hijo.

FRONDOSO: Pues, señor,
fiado en aquese amor,
de ti una merced espero.   1360
Ya sabes de quién soy hijo.

ESTEBAN: ¿Hate agraviado ese loco
de Fernán Gómez?

FRONDOSO: No poco.

ESTEBAN: El corazón me lo dijo.

FRONDOSO: Pues, señor, con el seguro   1365
del amor que habéis mostrado,
de Laurencia enamorado,
el ser su esposo procuro.
Perdona si en el pedir
mi lengua se ha adelantado;   1370
que he sido en decirlo osado,
como otro lo ha de decir.

||||||||||||||||||||||||||||||||||||||||||||||||||||||||||||||||||||||||||||||||||||||||||||||||||||||||||||||||||||||

▼ De acuerdo con lo indicado en la nota al verso 1236, según el derecho medieval, la ofensa al vasallo recaía también sobre su señor.

ESTEBAN:	Vienes, Frondoso, a ocasión
	que me alargarás la vida,
1375	por la cosa más temida
	que siente mi corazón.
	Agradezco, hijo, al cielo
	que así vuelvas por mi honor▼,
	y agradézcole a tu amor
1380	la limpieza de tu celo.
	Mas, como es justo, es razón
	dar cuenta a tu padre desto⁴⁷;
	solo digo que estoy presto,
	en sabiendo su intención;
1385	que yo dichoso me hallo
	en que aqueso⁴⁸ llegue a ser.
REGIDOR 1.º:	De la moza el parecer
	tomad, antes de acetallo⁴⁹.
ALCALDE:	No tengáis deso⁵⁰ cuidado,
1390	que ya el caso está dispuesto;
	antes de venir a esto,
	entre ellos se ha concertado.
	En el dote, si advertís,
	se puede agora tratar,
1395	que por bien os pienso dar
	algunos maravedís.
FRONDOSO:	Yo dote no he menester.
	Deso no hay que entristeceros.
REGIDOR:	¡Pues que no la pide en cueros,
1400	lo podéis agradecer!
ESTEBAN:	Tomaré el parecer della⁵¹;
	si os parece, será bien.
FRONDOSO:	Justo es, que no hace bien
	quien los gustos atropella.
1405 ESTEBAN:	¡Hija! ¡Laurencia!

Marginal notes:

⁴⁷ De esto.

⁴⁸ Eso.

⁴⁹ Aceptarlo.

⁵⁰ De eso.

⁵¹ De ella.

‖‖‖

▼ Conforme al código del honor, el de las mujeres debía ser defendido por los hombres próximos a ellas (padre, esposo, hermanos, hijos, etc.), hasta el extremo de que también quedaba obligado cualquier hombre que pasase junto a una mujer agraviada y no la atendiese tomando de inmediato su partido. Ese es el origen remoto de lo que entendemos como galantería o caballerosidad.

LAURENCIA:	Señor.
ESTEBAN:	Mirad si digo bien yo.
	¡Ved qué presto respondió!
	Hija Laurencia, mi amor,
	a preguntarte ha venido...
	(apártate aquí)... si es bien
	que a Gila, tu amiga, den
	a Frondoso por marido,
	que es un honrado zagal,
	si le hay en Fuente Ovejuna.
LAURENCIA:	¿Gila se casa?
ESTEBAN:	Y si alguna
	le merece y es su igual...
LAURENCIA:	Yo digo, señor, que sí.
ESTEBAN:	Sí, mas yo digo que es fea,
	y que harto mejor se emplea
	Frondoso, Laurencia, en ti.
LAURENCIA:	¿Aún no se te han olvidado
	los donaires[52] con la edad?
ESTEBAN:	¿Quiéresle tú?
LAURENCIA:	Voluntad
	le he tenido y le he cobrado,
	pero por lo que tú sabes.
ESTEBAN:	¿Quiéres tú que diga sí?
LAURENCIA:	Dilo tú, señor, por mí.
ESTEBAN:	¿Yo? ¿Pues tengo yo las llaves?
	Hecho está. Ven, buscaremos
	a mi compadre en la plaza.
REGIDOR:	Vamos.
ESTEBAN:	Hijo, y en la traza
	del dote, ¿qué le diremos?
	Que yo bien te puedo dar
	cuatro mil maravedís.
FRONDOSO:	Señor, ¿eso me decís?
	¡Mi honor queréis agraviar!
ESTEBAN:	Anda, hijo, que eso es
	cosa que pasa en un día;
	que si no hay dote, a fe mía,
	que se echa menos después.

1410

1415

1420

1425

1430

1435

1440

52 Gracias.

Vanse, y quedan FRONDOSO *y* LAURENCIA.

LAURENCIA:	Di, Frondoso, ¿estás contento?
FRONDOSO:	¡Cómo si lo estoy! ¡Es poco,
	pues que no me vuelvo loco
	de gozo, del bien que siento!

1445 Risa vierte el corazón
por los ojos, de alegría,
viéndote, Laurencia mía,
en tal dulce posesión.

Vanse.

Salen el MAESTRE, *el* COMENDADOR, FLORES *y*
ORTUÑO.

COMENDADOR:	Huye, señor, que no hay otro
	[remedio.
1450 MAESTRE:	La flaqueza del muro lo ha
	[causado▼,
	y el poderoso ejército enemigo.
COMENDADOR:	Sangre les cuesta, y infinitas
	[vidas.
MAESTRE:	Y no se alabarán que en sus
	[despojos
	pondrán nuestro pendón de
	[Calatrava,
1455	que a honrar su empresa y los
	[demás bastaba.
COMENDADOR:	Tus designios, Girón, quedan
	[perdidos.
MAESTRE:	¿Qué puedo hacer, si la fortuna
	[ciega▼▼

▼ Ante la derrota, el maestre culpa a la debilidad del muro, mientras que al aludir a la conquista de la ciudad, en el primer acto, destacó la fortaleza (falsa, por supuesto, ya que Ciudad Real no llegó a tener en ningún momento sólidas murallas) de su fortificación.

▼▼ Tema constante a lo largo de todo el clasicismo es el del carácter voluble de la Fortuna, a quien se alude mediante la rueda que gira y se representa como mujer con los ojos vendados. Alusiones precisas hallamos en Santillana, Mena y en casi todos los poetas del período clásico.

                              a quien hoy levantó mañana
                                                    [humilla?

          Dentro.

⁵³ Victoria. En el tex-
to, la palabra tiene el
valor de interjección
con la que se saluda-
ba al celebrar un
triunfo sobre el ene-
migo.

                              ¡Vitoria⁵³ por los reyes de
                                                    [Castilla!
MAESTRE: Ya coronan de luces las almenas,   1460
                              y las ventanas de las torres altas
                              entoldan con pendones
                                                    [vitoriosos.
COMENDADOR: Bien pudieran, de sangre que les
                                                    [cuesta.
                              A fe, que es más tragedia que no
                                                    [fiesta.
MAESTRE: Yo vuelvo a Calatrava, Fernán   1465
                                                    [Gómez.
COMENDADOR: Y yo a Fuente Ovejuna, mientras
                                                    [tratas
                              o seguir esta parte de tus deudos
                              o reducir la tuya al Rey Católico.
MAESTRE: Yo te diré por cartas lo que
                                                    [intento.
COMENDADOR: El tiempo ha de enseñarte.   1470
MAESTRE: ¡Ah,
                                                    [pocos años,
                              sujetos al rigor de sus engaños!

                    [CASA DE ESTEBAN]

          Sale la boda, MÚSICOS, MENGO, FRONDOSO,
          LAURENCIA, PASCUALA, BARRILDO, ESTEBAN *y*
          ALCALDE.

MÚSICOS: *¡Vivan muchos años*
                              los desposados!
                              ¡Vivan muchos años!

1475	MENGO:	A fe, que no os ha costado mucho trabajo el cantar.
	BARRILDO:	¿Supiéraslo tú trovar mejor que él está trovado?
	FRONDOSO:	Mejor entiende de azotes,
1480		Mengo, que de versos ya.
	MENGO:	Alguno en el valle está, para que no te alborotes, a quien el Comendador...
	BARRILDO:	No lo digas, por tu vida,
1485		que este bárbaro homicida a todos quita el honor.
	MENGO:	Que me azotasen a mí cien soldados aquel día... sola una honda tenía;
1490		harto desdichado fui.

Pero que le hayan echado
una melecina⁵⁴ a un hombre,   ⁵⁴ Lavativa.
que, aunque no diré su nombre,
todos saben que es honrado,

1495   llena de tinta y de chinas⁵⁵   ⁵⁵ Piedras pequeñas.
¿cómo se puede sufrir?

BARRILDO: Haríalo por reír.
MENGO: No hay risa con melecinas,
       que aunque es cosa
                 [saludable...
1500   yo me quiero morir luego.
FRONDOSO: ¡Vaya la copla, te ruego...!,
     si es la copla razonable.

MENGO: *¡Vivan muchos años juntos*
los novios, ruego a los cielos,
1505   *y por envidias ni celos*
*ni riñan ni anden en puntos*⁵⁶!   ⁵⁶ Materia de trata-
     Lleven a entrambos difuntos,   miento o de discu-
de puro vivir cansados.   sión.
¡Vivan muchos años!

1510 FRONDOSO: ¡Maldiga el cielo el poeta,
     que tal coplón arrojó!
BARRILDO: Fue muy presto...
MENGO: Pienso yo   ⁵⁷ Secta. Tiene el sen-
una cosa desta seta⁵⁷.   tido de error.

¿No habéis visto un buñolero,
en el aceite abrasando,   1515
pedazos de masa echando,
hasta llenarse el caldero?
Que unos le salen hinchados,
otros tuertos y mal hechos,
ya zurdos y ya derechos,   1520
ya fritos y ya quemados.
Pues así imagino yo
un poeta componiendo,
la materia previniendo,
que es quien la masa le dio.   1525
Va arrojando verso aprisa
al caldero del papel,
confiado en que la miel
cubrirá la burla y risa.
Mas poniéndolo en el pecho,   1530
apenas hay quien los tome;
tanto, que sólo los come
el mismo que los ha hecho.

BARRILDO: ¡Déjate ya de locuras!
                    Deja los novios hablar.   1535

LAURENCIA: Las manos nos da a besar.

JUAN: Hija, ¿mi mano procuras?
                    Pídela a tu padre luego
                    para ti y para Frondoso.

ESTEBAN: Rojo, a ella y a su esposo   1540
                    que se la dé el cielo ruego,
                    con su larga bendición.

FRONDOSO: Los dos a los dos la echad.

JUAN: ¡Ea, tañed y cantad,
                    pues que para en uno son!   1545

MÚSICOS: *Al val de Fuente Ovejuna*
                    la niña en cabellos baja▾;
                    el caballero la sigue
                    de la Cruz de Calatrava.

▾ Alusión a su condición de doncella, pues las casadas llevaban el cabello recogido y oculto bajo la toca, mientras que las muchachas lo llevaban suelto y al aire.

1550   *Entre las ramas se esconde,*
                       de vergonzosa y turbada;
                       fingiendo que no le ha visto,
                       pone delante las ramas.

                       «¿Para qué te ascondes [57bis],   ························
1555   *niña gallarda?*   [57bis] Escondes.
                       Que mis linces [58] *deseos*   ························
                       paredes pasan.»   [58] Penetrantes, como
                                                            la mirada del lince.

                       Acercóse el caballero,
                       y ella, confusa y turbada,
1560   *hacer quiso celosías*   ························
                       de las intricadas [59] *ramas.*   [59] Intrincadas.

                       Mas, como quien tiene amor,
                       los mares y las montañas
                       atraviesa fácilmente,
1565   *la dice tales palabras:*

                       «¿Para qué te ascondes,
                       niña gallarda?
                       Que mis linces deseos
                       paredes pasan.»

        Sale el COMENDADOR, FLORES, ORTUÑO *y* CIM-
        BRANOS.

1570   COMENDADOR: Estése la boda queda,
                       y no se alborote nadie.
        JUAN: No es juego aqueste, señor,
                       y basta que tú lo mandes.
                       ¿Quieres lugar? ¿Cómo vienes
1575   con tu belicoso alarde [60]?   ························
                       ¿Venciste? Mas ¿qué pregunto?   [60] Demostración.
        FRONDOSO: ¡Muerto soy! ¡Cielos, libradme!
        LAURENCIA: ¡Huye por aquí, Frondoso!
        COMENDADOR: ¡Eso, no! ¡Prendelde [61], atalde [62]!   ························
1580   JUAN: Date, muchacho, a prisión.   [61] Prendedle.
        FRONDOSO: Pues, ¿quieres tú que me maten?   ························
        JUAN: ¿Por qué?   [62] Atadle.

COMENDADOR:	No soy hombre yo
	que mato sin culpa a nadie,
	que si lo fuera, le hubieran
1585	pasado de parte a parte
	esos soldados que traigo.
	Llevarle mando a la cárcel,
	donde la culpa que tiene
	sentencie su mismo padre.
1590 PASCUALA:	Señor, mirad que se casa.
COMENDADOR:	¿Qué me obliga el que se case?
	¿No hay otra gente en el pueblo?
PASCUALA:	Si os ofendió, perdonadle,
	por ser vos quien sois.
COMENDADOR:	No es
	[cosa,
1595	Pascuala, en que yo soy parte.
	Es esto contra el Maestre
	Téllez Girón, que Dios guarde;
	es contra toda su Orden,
	es su honor, y es importante
1600	para el ejemplo, el castigo▼;
	que habrá otro día quien trate
	de alzar pendón contra él,
	pues ya sabéis que una tarde
	al Comendador mayor
1605	—¡qué vasallos tan leales!—
	puso una ballesta al pecho.
ESTEBAN:	Supuesto que el disculparle
	ya puede tocar a un suegro,
	no es mucho que en causas tales
1610	se descomponga con vos
	un hombre, en efeto, amante.
	Porque si vos pretendéis
	su propia mujer quitarle,
	¿qué mucho que la defienda?

||||||||||||||||||||||||||||||||||||||||||||||||||||||||||||||||||||||||||||||||||||||||||||||||||||||||||||||||||||||||||||||||||

▼ En esta ocasión, el comendador, cínicamente, apela al sentido colectivo del honor, al que ya nos hemos referido en la nota al verso 1236, al dar a entender que las afrentas a él lo eran también a toda la Orden de Calatrava y, por ende, a su maestre.

COMENDADOR:	¡Majadero sois, alcalde! 1615
ESTEBAN:	¡Por vuestra virtud, señor!
COMENDADOR:	Nunca yo quise quitarle
	su mujer, pues no lo era.
ESTEBAN:	¡Sí quisistes... [63]! Y esto baste,
	que Reyes hay en Castilla▼, 1620
	que nuevas órdenes hacen,
	con que desórdenes quitan.
	Y harán mal, cuando descansen
	de las guerras, en sufrir
	en sus villas y lugares 1625
	a hombres tan poderosos
	por traer cruces tan grandes.
	Póngasela el Rey al pecho,
	que para pechos reales
	es esa insignia, y no más. 1630
COMENDADOR:	¡Hola! ¡La vara quitalde [64]!
ESTEBAN:	Tomad, señor, norabuena [65].
COMENDADOR:	Pues con ella quiero dalle [66],
	como a caballo brioso.
ESTEBAN:	Por señor os sufro. Dadme. 1635
PASCUALA:	¡A un viejo de palos das!
LAURENCIA:	Si le das porque es mi padre
	¿qué vengas en él de mí?
COMENDADOR:	Llevadla, y haced que guarden
	su persona diez soldados. 1640

Vase él y los suyos.

ESTEBAN:	¡Justicia del cielo baje!

Vase.

PASCUALA:	¡Volvióse en luto la boda!

Vase.

[63] Quisiste. La -s final es antietimológica y su empleo es propio del habla vulgar.

[64] Quitadle.

[65] Enhorabuena.

[66] Darle.

▼ Reflejo, por un lado, de la concepción del rey como juez y, por otro, del nuevo orden político impuesto por los Reyes Católicos, así como el deseo de la villa de ser realengo y no señorío del comendador, es decir, encomienda.

BARRILDO:	¿No hay aquí un hombre que [hable?	[67] Hematomas. Repárese en el efecto cómico que produce la homofonía entre el ejemplo ofrecido por Mengo y el título de cardenal en cuanto príncipe de la Iglesia.
MENGO:	Yo tengo ya mis azotes,	
1645	que aún se ven los cardenales[67]▾, sin que un hombre vaya a [Roma... Prueben otros a enojarle.	
JUAN:	Hablemos todos.	[68] Rodajas.
MENGO:	Señores, aquí todo el mundo calle.	[69] Timbales. Llama así humorísticamente a las nalgas, las posaderas.
1650	Como ruedas[68] de salmón me puso los atabales[69].	

||||||||||||||||||||||||||||||||||||||||||||||||||||||||||||||||||||||||||||||||||||||||||||||||||||||||||||||||||||||||||||||||||||

▾ Este procedimiento de jugar con los significados de palabras de idéntico cuerpo grafico *(homógrafos)*, en este caso cardenales, constituye una figura de dicción llamada *equívoco* o *dilogía*, muy adecuada para producir efectos cómicos.

COMENTARIO 4 (Versos 1546-1569)

► *En la canción hay dos formas poéticas:* romance y seguidilla. *Señálense los versos correspondientes a cada forma.*

► *Una variedad de la* seguidilla *es la* seguidilla gitana, *¿en qué consiste?*

► *¿Aparece en el texto algún arcaísmo?*

► *Repárese que la palabra* lince *está empleada con valor adjetivo, ¿qué significado tiene?*

► *¿Puede situarse la escena de la canción en un momento concreto de la obra?*

► *Relaciónese esta canción con la poesía tradicional.*

► *Desde el punto de vista gramatical, hay una forma pronominal empleada antietimológicamente. ¿Cuál es? ¿Cómo se llama esta incorrección? ¿Por qué la cometería Lope?*

ACTO TERCERO

[SALA DEL CONCEJO EN FUENTE OVEJUNA]

Salen ESTEBAN, ALONSO *y* BARRILDO.

ESTEBAN: ¿No han venido a la junta?

BARRILDO: No
                               [han venido.

ESTEBAN: Pues más apriesa[1] nuestro daño
                               [corre.

BARRILDO: Ya está lo más[2] del pueblo
                               [prevenido.

ESTEBAN: Frondoso con prisiones en la   1655
                               [torre,
     y mi hija Laurencia en tanto
                               [aprieto,
     si la piedad de Dios no lo
                               [socorre...

---

[1] Aprisa.

[2] La mayor parte.

Salen Juan Rojo y El Regidor.

Juan: ¿De qué dais voces, cuando
                   [importa tanto
                   a nuestro bien, Esteban, el
                   [secreto?
1660 Esteban: Que doy tan pocas es mayor
                   [espanto.

Sale Mengo.

Mengo: También vengo yo a hallarme
                   [en esta junta.
Esteban: Un hombre cuyas canas baña el
                   [llanto,
                   labradores honrados, os
                   [pregunta
                   qué obsequias³ debe hacer   ³ Exequias. Se trata
                   .   [toda esta gente   de las honras que se
1665   a su patria sin honra, ya perdida. rinden a los difuntos.
                   Y si se llaman honras
                   [justamente,
                   ¿cómo se harán, si no hay
                   [entre nosotros
                   hombre a quien este bárbaro no
                   [afrente?
                   Respondedme: ¿hay alguno de
                   [vosotros
1670   que no esté lastimado en
                   [honra y vida?
                   ¿No os lamentáis los unos de los
                   [otros▼?
                   Pues si ya la tenéis todos
                   [perdida,
                   ¿a qué aguardáis? ¿Qué
                   [desventura es ésta?

▼ El sentido colectivo del honor hacía que la familia, la ciudad y la nación, pudiesen sentirse deshonradas.

JUAN: La mayor que en el mundo fue
[sufrida.
Mas pues ya se publica y 1675
[manifiesta
que en paz tienen los Reyes a
[Castilla,
y su venida a Córdoba se
[apresta [4],
vayan dos regidores a la villa,
y, echándose a sus pies, pidan
[remedio [▼].

4 Se prepara con ra-
pidez.

BARRILDO: En tanto que Fernando, aquel 1680
[que humilla [▼▼]
a tantos enemigos, otro medio
será mejor, pues no podrá,
[ocupado,
hacernos bien con tanta guerra
[en medio.

REGIDOR: Si mi voto de vos fuera
[escuchado,
desamparar la villa doy por 1685
[voto.

JUAN: ¿Cómo es posible en tiempo
[limitado?

MENGO: ¡A la fe, que si entiendo el
[alboroto,
que ha de costar la junta
[alguna vida!

REGIDOR: Ya todo el árbol de paciencia
[roto,
corre la nave de temor perdida. 1690
La hija quitan con tan gran
[fiereza

IIIIIIIIIIIIIIIIIIIIIIIIIIIIIIIIIIIIIIIIIIIIIIIIIIIIIIIIIIIIIIIIIIIIIIIIIIIIIIIIIIIIIIIIIIIIIIIIIIIIIIIIIIIIIIIIIIIIIIIIII

▼ El rasgo más relevante que el *rey*, como personaje, ofrece en el teatro de Lope, es el de ser máximo juez, como se evidencia en estos versos, en los que se pone de manifiesto la fe ciega en la justicia que administren los monarcas.

▼▼ Se refiere a Fernando el Católico, V de Castilla y II de Aragón.

a un hombre honrado, de quien
[es regida
la patria en que vivís, y en la
[cabeza
la vara quiebran tan
[injustamente.

1695   ¿Qué esclavo se trató con más
[bajeza?

JUAN: ¿Qué es lo que quieres tú que el
[pueblo intente?

REGIDOR: Morir, o dar la muerte a los
[tiranos,
pues somos muchos, y ellos poca
[gente.

BARRILDO: ¡Contra el señor las armas en las
[manos!

1700 ESTEBAN: El Rey sólo es señor despuéś
[del cielo▼,
y no bárbaros hombres
[inhumanos.
Si Dios ayuda nuestro justo celo,
¿qué nos ha de costar?

▼ Este verso es de capital importancia en la demostración de que no se trata de
un levantamiento popular contra el poder, ya que se expresa el reconocimiento
del rey como único señor.

MENGO: Mirad,
                   [señores,
que vais[5] en estas cosas con
                   [recelo.

1705   Puesto que[6] por los simples
                 [labradores
estoy aquí, que más injurias
                  [pasan,
más cuerdo represento sus
                 [temores.

JUAN: Si nuestras desventuras se
                [compasan[7],
para perder las vidas, ¿qué
              [aguardamos?
1710   Las casas y las viñas nos
                [abrasan;
tiranos son. ¡A la venganza
              [vamos[8]▼!

Sale LAURENCIA, *desmelenada.*

LAURENCIA: Dejadme entrar, que bien
               [puedo,
en consejo de los hombres;
que bien puede una mujer,
1715   si no a dar voto, a dar voces.
¿Conocéisme?

ESTEBAN: ¡Santo cielo!
¿No es mi hija?

JUAN: ¿No conoces
a Laurencia?

LAURENCIA: Vengo tal,
que mi diferencia os pone
1720   en contingencia quién soy.

ESTEBAN: ¡Hija mía!

Notas:
[5] Vayáis.
[6] Aunque. Valor concesivo.
[7] Se juntan.
[8] Con el valor de vayamos.

▼ De acuerdo con los dictados del código del honor, la venganza violenta, sentida como penoso pero inexcusable deber, era el único medio que permitía lavar la afrenta.

LAURENCIA: No me nombres
tu hija.

ESTEBAN: ¿Por qué, mis ojos?
¿Por qué?

LAURENCIA: ¡Por muchas razones!
Y sean las principales,
porque dejas que me roben   1725
tiranos sin que me vengues,
traidores sin que me cobres[9].
Aún no era yo de Frondoso,
para que digas que tome,
como marido, venganza,   1730
que aquí por tu cuenta corre;
que en tanto que de las bodas
no haya llegado la noche,
del padre y no del marido,
la obligación presupone;   1735
que en tanto que no me entregan
una joya, aunque la compre,
no ha de correr por mi cuenta
las guardas ni los ladrones.
Llevóme de vuestros ojos   1740
a su casa Fernán Gómez;
la oveja al lobo dejáis,
como cobardes pastores.
¿Qué dagas no vi en mi pecho?
¡Qué desatinos enormes,   1745
qué palabras, qué amenazas,
y qué delitos atroces
por rendir mi castidad
a sus apetitos torpes!
Mis cabellos, ¿no lo dicen?   1750
¿No se ven aquí los golpes,
de la sangre, y las señales?
¿Vosotros sois hombres nobles?
¿Vosotros, padres y deudos?
¿Vosotros, que no se os rompen   1755
las entrañas de dolor,
de verme en tantos dolores?
Ovejas sois, bien lo dice
de Fuente Ovejuna el nombre.

---

[9] Recuperes.

1760
¡Dadme unas armas a mí,
pues sois piedras, pues sois
                    [bronces,
pues sois jaspes[10], pues sois
                    [tigres...!
Tigres no, porque feroces
siguen quien roba sus hijos,
1765
matando los cazadores
antes que entren por el mar,
y por sus ondas se arrojen.
Liebres cobardes nacistes[11];
bárbaros sois, no españoles.
1770
¡Gallinas, vuestras mujeres
sufrís que otros hombres gocen!
¡Poneos ruecas[12] en la cinta[13]!
¿Para qué os ceñís estoques▼?
¡Vive Dios, que he de trazar
1775
que solas mujeres cobren
la honra, destos tiranos,
la sangre, destos traidores!
¡Y que os han de tirar piedras,
hilanderas, maricones,
1780
amujerados, cobardes!
¡Y que mañana os adornen
nuestras tocas y basquiñas[14],
solimanes y colores[15]!
A Frondoso quiere ya,
1785
sin sentencia, sin pregones,
colgar el Comendador
del almena[16] de una torre;
de todos hará lo mismo;
y yo me huelgo[17], medio
                    [hombres,
1790
porque quede sin mujeres
esta villa honrada, y torne
aquel siglo de amazonas[18],
eterno espanto del orbe.

[10] Duros e inanimados como el jaspe.

[11] Nacisteis.

[12] Especie de punzón redondeado, largo, que se empleaba para hilar.

[13] Cintura. Tiene un sentido claramente ofensivo, al dar a entender que más propios eran de llevar ruecas, como las mujeres, que espadas, como hombres.

[14] Faldas.

[15] Cosméticos.

[16] Almena es femenino. La forma el, del artículo determinado que la precede no debe confundirse con la del masculino singular, sino que se trata de restos del antiguo femenino ela, cuya vocal final queda fundida en la pronunciación con la vocal inicial del sustantivo.

[17] Alegro.

[18] Mujeres guerreras de la mitología.

▼ En España los villanos eran susceptibles de poseer honor, porque durante la Reconquista, potencialmente, eran guerreros.

ESTEBAN:	Yo, hija, no soy de aquellos	
	que permiten que los nombres	1795
	con esos títulos viles.	
	Iré solo, si se pone	
	todo el mundo contra mí.	
JUAN:	Y yo, por más que me asombre	
	la grandeza del contrario.	1800
REGIDOR:	Muramos todos.	
BARRILDO:	Descoge [19].	
	un lienzo al viento en un palo,	
	y mueran estos inormes [20].	
JUAN:	¿Qué orden pensáis tener?	
MENGO:	Ir a matarle sin orden.	1805
	Juntad el pueblo a una voz,	
	que todos están conformes	
	en que los tiranos mueran.	
ESTEBAN:	Tomad espadas, lanzones,	
	ballestas, chuzos [21] y palos.	1810
MENGO:	¡Los reyes, nuestros señores▼,	
	vivan!	
TODOS:	¡Vivan muchos años!	
MENGO:	¡Mueran tiranos traidores▼▼!	
TODOS:	¡Traidores tiranos mueran!	

Vanse todos.

LAURENCIA:	Caminad, que el cielo os oye.	1815
	¡Ah, mujeres de la villa!	
	¡Acudid, porque se cobre	
	vuestro honor! ¡Acudid todas!	

Salen PASCUALA, JACINTA *y otras mujeres.*

[19] Despliega.

[20] Enormes. Ha de entenderse como *fuera de la norma*. Se trata de un arcaísmo.

[21] Arma consistente en una especie de lanza corta.

||||||||||||||||||||||||||||||||||||||||||||||||||||||||||||||||||||||||||||||||||||||||||||||||||||||||||

▼ Desde el primer momento de la rebelión, se manifiesta el sometimiento a la autoridad real, cuyo nombre se invoca en el levantamiento.

▼▼ La acusación de *traidor* no surge porque hubiese defendido la causa de doña Juana la Beltraneja y el rey don Alfonso de Portugal, sino que es consecuencia de que no cumplió con el deber fundamental del señor, que era la defensa del honor de sus vasallos.

	PASCUALA:	¿Qué es esto? ¿De qué das [voces?
1820	LAURENCIA:	¿No veis cómo todos van a matar a Fernán Gómez, y hombres, mozos y muchachos furiosos, al hecho corren? ¿Será bien que sólo ellos
1825		desta hazaña el honor gocen, pues no son de las mujeres sus agravios los menores?
	JACINTA:	Di, pues, ¿qué es lo que [pretendes?
	LAURENCIA:	Que puestas todas en orden,
1830		acometamos un hecho que dé espanto a todo el orbe. Jacinta, tu grande agravio, que sea cabo; responde de una escuadra de mujeres▼.
1835	JACINTA:	¡No son los tuyos menores!
	LAURENCIA:	Pascuala, alférez²² serás▼▼.
	PASCUALA:	Pues déjame que enarbolo en un asta la bandera; verás si merezco el nombre.
1840	LAURENCIA:	No hay espacio para eso, pues la dicha nos socorre; bien nos basta que llevemos nuestras tocas por pendones.
	PASCUALA:	Nombremos un capitán.
1845	LAURENCIA:	¡Eso no!

²² Portaestandarte. El cargo era el segundo en importancia dentro de la compañía.

▼ En el siglo XVII la «escuadra» estaba integrada por un grupo de 25 hombres, y era la unidad inmediatamente inferior a la «compañía». Se encontraba al mando de un «cabo de escuadra».

▼▼ El «alférez» (cargo y palabra de origen árabe) era el oficial que seguía en rango al «capitán» de la compañía, verdadera unidad táctica del ejército y que, según las épocas, contaba con un número que oscilaba entre los 150 y los 200 hombres.

PASCUALA: ¿Por qué?

LAURENCIA: Que adonde
asiste mi gran valor,
no hay Cides ni Rodamontes [23].

> [23] Personaje del *Orlando furioso*, de Ariosto.

Vanse.

[SALA EN LA CASA DE LA ENCOMIENDA]

Sale FRONDOSO, *atadas las manos;* FLORES, ORTUÑO *y* CIMBRANOS *y el* COMENDADOR.

COMENDADOR: De ese cordel que de las
                      [manos sobra,
quiero que le colguéis, por
                      [mayor pena.

FRONDOSO: ¡Qué nombre, gran señor, tu   1850
                      [sangre cobra!

COMENDADOR: Colgalde [24] luego en la primera
                      [almena.

> [24] Colgadle.

FRONDOSO: Nunca fue mi intención poner
                      [por obra
tu muerte, entonces.

FLORES: Grande
                      [ruido suena.

Ruido suena.

COMENDADOR: ¿Ruido?

FLORES: Y de manera que
                      [interrumpen [25]
tu justicia, señor.   1855

> [25] Interrumpen. El sentido más adecuado es el de nuestro obstaculizan.

ORTUÑO: ¡Las puertas
                      [rompen!

Ruido.

COMENDADOR: ¡La puerta de mi casa, y siendo
                                                    [casa▼
             de la encomienda!
FLORES: ¡El pueblo
                                   [junto viene!
JUAN   *(dentro):* ¡Rompe, derriba,
                          [hunde, quema, abrasa!
ORTUÑO: Un popular motín mal se
                                   [detiene.
1860 COMENDADOR: ¿El pueblo, contra mí?
FLORES: La furia
                                         [pasa
             tan adelante, que las puertas
                                   [tiene
             echadas por la tierra.
COMENDADOR: Desatalde²⁶.   ²⁶ Desatadle.
             Templa²⁷, Frondoso, ese villano
                                   [alcalde.   ²⁷ Apacigua, serena.
FRONDOSO: Yo voy, señor, que amor les ha
                                   [movido.

Vase.

1865 MENGO   *(dentro):* ¡Vivan Fernando y
                              [Isabel, y mueran
             los traidores!
FLORES: Señor, por Dios te
                                   [pido
             que no te hallen aquí.
COMENDADOR: Si
                                   [perseveran,
             este aposento es fuerte y
                                   [defendido.
             Ellos se volverán.
FLORES: Cuando se
                                   [alteran
1870   los pueblos agraviados, y
                                   [resuelven,

▼ Enlaza con lo comentado en la nota al verso 1600.

nunca sin sangre o sin venganza
[vuelven.

COMENDADOR: En esta puerta así como
[rastrillo²⁸,
su furor con las armas
[defendamos.

FRONDOSO   *(dentro):* ¡Viva Fuente Ovejuna!
COMENDADOR: ¡Qué
[caudillo!
Estoy porque a su furia   1875
[acometamos.

FLORES: De la tuya, señor, me maravillo.
ESTEBAN: Ya el tirano y los cómplices
[miramos.
¡Fuente Ovejuna, y los tiranos
[mueran!

Salen todos.

COMENDADOR: ¡Pueblo, esperad!
TODOS: ¡Agravios
[nunca esperan!
COMENDADOR: Decídmelos a mí, que iré   1880
[pagando,
a fe de caballero, esos errores.
TODOS: ¡Fuente Ovejuna! ¡Viva el rey
[Fernando!
¡Mueran malos cristianos, y
[traidores!
COMENDADOR: ¿No me queréis oír? ¡Yo estoy
[hablando!
¡Yo soy vuestro señor!   1885
TODOS: ¡Nuestros
[señores
son los Reyes Católicos!
COMENDADOR: ¡Espera!
TODOS: ¡Fuente Ovejuna, y Fernán
[Gómez muera!

Vanse, y salen las mujeres armadas.

²⁸ Se trataba de la puerta en forma de reja que existía tras el portón en las fortalezas antiguas y cuyo funcionamiento consistía en desplazarse perpendicularmente, a modo de guillotina, por entre las piedras del muro.

LAURENCIA: Parad en este puesto de
                 [esperanzas,
soldados atrevidos, no mujeres.

1890 PASCUALA: ¡Lo que mujeres son en las
                 [venganzas!
¡En él beban su sangre! ¡Es bien
                 [que esperes!

JACINTA: ¡Su cuerpo recojamos en las
                 [lanzas!

PASCUALA: Todas son de esos mismos
                 [pareceres.

ESTEBAN   *(dentro):* ¡Muere, traidor
                 [Comendador!

COMENDADOR: Ya muero.

1895   ¡Piedad, Señor, que en tu
                 [clemencia espero!

BARRILDO   *(dentro):* Aquí está Flores.

MENGO: ¡Dale a ese bellaco!
Que ése fue el que me dio dos
                 [mil azotes.

FRONDOSO   *(dentro):* No me vengo, si el
                 [alma no le saco.

LAURENCIA: No excusamos[29] entrar.

PASCUALA: No te
                 [alborotes.
Bien es guardar la puerta.

1900 BARRILDO   *(dentro):* No me aplaco.
¡Con lágrimas agora,
                 [marquesotes!

LAURENCIA: Pascuala, yo entro dentro, que la
                 [espada
no ha de estar tan sujeta ni
                 [envainada.

Vase.

[29] Excusemos. Otra muestra más del empleo del presente de indicativo por el de subjuntivo.

BARRILDO: Aquí está Ortuño.
FRONDOSO: Córtale la
                                [cara.

Sale FLORES *huyendo, y* MENGO *tras él.*

1905 FLORES: ¡Mengo, piedad, que no soy yo
                                [el culpado!
      MENGO: Cuando ser alcahuete no
                                [bastara▼,
                     bastaba haberme el pícaro
                                [azotado.
      PASCUALA: ¡Dánoslo a las mujeres, Mengo!
                                [¡Para,
                     acaba, por tu vida...!
      MENGO: Ya está
                                [dado.
1910   Que no le quiero yo mayor
                                [castigo.
      PASCUALA: Vengaré tus azotes.
      MENGO: Eso digo.
      JACINTA: ¡Ea, muera el traidor!
      FLORES: ¿Entre
                                [mujeres?
      JACINTA: ¿No le viene muy ancho?   ....
      PASCUALA: ¿Aqueso²⁹ᵇⁱˢ   ²⁹ᵇⁱˢ Acaso.
                                [lloras?
      JACINTA: ¡Muere, concertador de sus
                                [placeres!
1915 PASCUALA: ¡Ea, muera el traidor!
      FLORES: ¡Piedad,
                                [señoras!

Sale ORTUÑO *huyendo de* LAURENCIA.

ORTUÑO: Mira que no soy yo...

|||||||||||||||||||||||||||||||||||||||||||||||||||||||||||||||||||||||||||||||||||||||||||||||||||||||||||||||||||||||||||||||

▼ La pena que se imponía a los alcahuetes era la de ser untados de pez, cubiertos de plumas y ser expuestos a la vergüenza pública de semejante guisa.

LAURENCIA: ¡Ya sé
                                                          [quién eres!
                          ¡Entrad, teñid las armas
                                                     [vencedoras
                          en estos viles!
PASCUALA: ¡Moriré matando!
TODAS: ¡Fuente Ovejuna, y viva el rey
                                                          [Fernando!

[SALA DEL PALACIO DE LOS REYES CATÓLICOS]

Vanse, y salen el REY FERNANDO *y la* REINA *doña*
ISABEL, *y don* MANRIQUE, MAESTRE.

MANRIQUE: De modo la prevención   1920
                   fue, que el efeto esperado
                   llegamos a ver logrado
                   con poca contradición.
                       Hubo poca resistencia;
                   y supuesto que la hubiera,   1925
                   sin duda ninguna fuera
                   de poca o ninguna esencia.
                       Queda el de Cabra ocupado
                   en conservación del puesto,
                   por si volviere dispuesto   1930
                   a él el contrario osado.
REY: Discreto el acuerdo fue,
                   y que asista es conveniente,
                   y reformando la gente,
                   el paso tomado esté;   1935
                       que con eso se asegura
                   no podernos hacer mal
                   Alfonso, que en Portugal
                   tomar la fuerza procura.
                       Y el de Cabra es bien que esté   1940
                   en ese sitio asistente[30],
                   y como tan diligente,
                   muestras de su valor dé,

....
[30] Presente para ayu-
darnos.

1945
      porque con esto asegura
      el daño que nos recela,
      y como fiel centinela
      el bien del Reino procura.

Sale FLORES, *herido.*

FLORES: Católico Rey Fernando,
                 a quien el cielo concede
1950   la corona de Castilla,
                 como a varón excelente,
                 oye la mayor crueldad
                 que se ha visto entre las gentes,
                 desde donde nace el sol
1955   hasta donde se escurece[31].   [31] Oscurece.
REY: Repórtate.
FLORES: Rey supremo,
                 mis heridas no consienten
                 dilatar el triste caso,
                 por ser mi vida tan breve.
1960   De Fuente Ovejuna vengo,
                 donde, con pecho inclemente,
                 los vecinos de la villa
                 a su señor dieron muerte.
                 Muerto Fernán Gómez queda
1965   por sus súbditos aleves[32],   [32] Traidores. Se apli-
                 que vasallos indignados   caba siempre al vasa-
                 con leve causa se atreven.   llo que se levantaba
                 Con título de tirano,   contra el señor.
                 que le acumula la plebe,
1970   a la fuerza desta voz
                 el hecho fiero acometen;
                 y quebrantando su casa,
                 no atendiendo a que se ofrece
                 por la fe de caballero
1975   a que pagará a quien debe,
                 no sólo no le escucharon,
                 pero[33] con furia impaciente   [33] Sino que.
                 rompen el cruzado pecho[34]
                 con mil heridas crüeles;   [34] Que lucía, estam-
1980   y por las altas ventanas   pada o bordada, una
                                                        cruz en el pecho.

le hacen que al suelo vuele,
adonde en picas y espadas
le recogen las mujeres.
Llévanle a una casa muerto,
y a porfía, quien más puede,   1985
mesa su barba y cabello,
y apriesa su rostro hieren.
En efeto, fue la furia
tan grande que en ellos crece,
que las mayores tajadas   1990
las orejas a ser vienen.

Sus armas[35] borran con picas
y a voces dicen que quieren
tus reales armas fijar,
porque aquéllas les ofenden▾.   1995
Saqueáronle la casa,
cual si de enemigos fuese,
y, gozosos, entre todos
han repartido sus bienes.
Lo dicho he visto escondido,   2000
porque mi infelice[36] suerte
en tal trance no permite
que mi vida se perdiese.
Y así estuve todo el día
hasta que la noche viene,   2005
y salir pude escondido
para que cuenta te diese.
Haz, señor, pues eres justo,
que la justa pena lleven
de tan riguroso caso   2010
los bárbaros delincuentes.
Mira que su sangre a voces
pide que tu rigor prueben.

REY: Estar puedes confiado
que sin castigo no queden.   2015
El triste suceso ha sido
tal, que admirado me tiene;

y que vaya luego un juez
que lo averigüe conviene,
2020   y castigue los culpados
para ejemplo de las gentes.
Vaya un capitán con él,
porque seguridad lleve,
que tan grande atrevimiento
2025   castigo ejemplar requiere.
Y curad a ese soldado
de las heridas que tiene.

[PLAZA DE FUENTE OVEJUNA]

Vanse, y salen los labradores y labradoras, con la cabeza de FERNÁN GÓMEZ, *en una lanza.*

MÚSICOS: *¡Muchos años vivan*
Isabel y Fernando,
2030   *y mueran los tiranos!*

BARRILDO: ¡Diga su copla Frondoso!

FRONDOSO: Ya va mi copla, a la fe;
si le faltare algún pie[37],
enmiéndelo el más curioso[38]:

2035   *¡Vivan la bella Isabel,*
y Fernando de Aragón
pues que para en uno son,
él con ella, ella con él!
A los cielos San Miguel
2040   *lleve a los dos de las manos.*
¡Vivan muchos años,
y mueran los tiranos!

LAURENCIA: ¡Diga Barrildo!

BARRILDO: Ya va,
que a fe que la he pensado.

[37] Era el conjunto de sílabas que formaban una unidad rítmica en la poesía latina.

[38] Cuidadoso, esmerado.

PASCUALA:	Si la dices con cuidado, 2045
	buena y rebuena será.
BARRILDO:	*¡Vivan los Reyes famosos*
	muchos años, pues que tienen
	la vitoria, y a ser vienen
	nuestros dueños venturosos! 2050
	¡Salgan siempre vitoriosos
	de gigantes y de enanos,
	y mueran los tiranos!
MÚSICOS:	*¡Muchos años vivan!, etc.*
LAURENCIA:	¡Diga Mengo! 2055
FRONDOSO:	¡Mengo diga!
MENGO:	Yo soy poeta donado [39].
PASCUALA:	Mejor dirás: lastimado
	el envés de la barriga▾.
MENGO:	*Una mañana en domingo*
	me mandó azotar aquél, 2060
	de manera que el rabel
	daba espantoso respingo;
	pero agora que los pringo [40],
	¡vivan los Reyes Cristiánigos,
	y mueran los tiránigos! 2065
MÚSICOS:	*¡Vivan muchos años!*
ESTEBAN:	Quita la cabeza allá.
MENGO:	Cara tiene de ahorcado.

Saca un escudo JUAN ROJO *con las armas.*

REGIDOR:	Ya las armas han llegado.
ESTEBAN:	Mostrá [41] las armas acá. 2070
JUAN:	¿Adónde se han de poner?
REGIDOR:	Aquí, en el Ayuntamiento.
ESTEBAN:	¡Bravo escudo!
BARRILDO:	¡Qué contento!
FRONDOSO:	Ya comienza a amanecer
	con este sol nuestro día. 2075

[39] Sin categoría, ni reconocimiento.

[40] Disfruto, aprovecho. Rusticismo.

[41] Mostrad.

▾ La perífrasis eufemística para aludir a las nalgas no puede por menos que producir efecto cómico.

ESTEBAN:	¡Vivan Castilla y León,
	y las barras de Aragón,
	y muera la tiranía!
	Advertid, Fuente Ovejuna,
2080	a las palabras de un viejo,
	que el admitir su consejo
	no ha dañado vez ninguna.
	Los Reyes han de querer
	averiguar este caso,
2085	y más tan cerca del paso
	y jornada que han de hacer.
	Concertaos todos a una
	en lo que habéis de decir.
FRONDOSO:	¿Qué es tu consejo?
ESTEBAN:	Morir
2090	diciendo: ¡Fuente Ovejuna!
	Y a nadie saquen de aquí.
FRONDOSO:	Es el camino derecho:
	¡Fuente Ovejuna lo ha hecho!
ESTEBAN:	¿Queréis responder así?
TODOS:	¡Sí!
2095 ESTEBAN:	Ahora [42], pues, yo quiero ser
	agora el pesquisidor [43],
	para ensayarnos mejor
	en lo que habemos de hacer.
	Sea Mengo el que esté puesto
	en el tormento.
2100 MENGO:	¿No hallaste
	otro más flaco?
ESTEBAN:	¿Pensaste
	que era de veras?
MENGO:	Di presto.

[42] Se trata de un adverbio formado por la fusión de adjetivo y sustantivo (HĂC HORĀ > agora), habitual en el español antiguo. Posteriormente fue sustituido por ahora < AD HORAM. Lope utiliza las dos formas, manteniendo así un arcaísmo más (recordemos que la obra es de historia medieval) y sirviéndose de la existencia de la consonante g en el segundo caso para poder medir un verso octosílabo.

[43] Investigador.

ESTEBAN:	¿Quién mató al Comendador?	
MENGO:	¡Fuente Ovejuna lo hizo!	
2105 ESTEBAN:	Perro, ¿si te martirizo?	
MENGO:	Aunque me matéis, señor.	
ESTEBAN:	Confiesa, ladrón.	
MENGO:	Confieso.	
ESTEBAN:	Pues ¿quién fue?	
MENGO:	¡Fuente	
	[Ovejuna!	
ESTEBAN:	Dalde⁴⁴ otra vuelta.	⁴⁴ Dadle.
MENGO:	Es ninguna.	
2110 ESTEBAN:	¡Cagajón⁴⁵ para el proceso!	⁴⁵ Excremento de las caballerías.

Sale el REGIDOR.

REGIDOR:	¿Qué hacéis desta suerte aquí?	
FRONDOSO:	¿Qué ha sucedido, Cuadrado?	
REGIDOR:	Pesquisidor ha llegado.	
ESTEBAN:	Echá⁴⁶ todos por ahí.	⁴⁶ Echad.
2115 REGIDOR:	Con él viene un capitán.	
ESTEBAN:	¡Venga el diablo! Ya sabéis lo que responder tenéis.	
REGIDOR:	El pueblo prendiendo van, sin dejar alma ninguna.	
2120 ESTEBAN:	¡Que no hay que tener temor! ¿Quién mató al Comendador, Mengo?	
MENGO:	¿Quién? ¡Fuente [Ovejuna!	

[SALA DEL PALACIO DEL MAESTRE DE CALATRAVA]

Vanse, y salen el MAESTRE *y un* SOLDADO.

MAESTRE:	¡Que tal caso ha sucedido! Infelice fue su suerte.
2125	Estoy por darte la muerte por la nueva que has traído.

SOLDADO:	Yo, señor, soy mensajero,
	y enojarte no es mi intento.
MAESTRE:	¡Que a tal tuvo atrevimiento
	un pueblo enojado y fiero! 2130
	Iré con quinientos hombres,
	y la villa he de asolar;
	en ella no ha de quedar
	ni aun memoria de los nombres.
SOLDADO:	Señor, tu enojo reporta, 2135
	porque ellos al Rey se han
	[dado▾;
	y no tener enojado
	al Rey es lo que te importa.
MAESTRE:	¿Cómo al Rey se pueden dar,
	si de la encomienda son? 2140
SOLDADO:	Con él sobre esa razón
	podrás luego pleitear.
MAESTRE:	Por pleito ¿cuándo salió
	lo que él le entregó en sus
	[manos?
	Son señores soberanos, 2145
	y tal reconozco yo.
	Por saber que al Rey se han
	[dado,
	se reportará mi enojo,
	y ver su presencia escojo
	por lo más bien acertado: 2150
	que puesto que tenga culpa
	en casos de gravedad,
	en todo mi poca edad
	viene a ser quien me disculpa.
	Con vergüenza voy, mas es 2155
	honor quien puede obligarme,
	y importa no descuidarme
	en tan honrado interés.

Vanse.

▾ Se pone de manifiesto la legalización de la situación de la villa.

[PLAZA DE FUENTE OVEJUNA]

Sale LAURENCIA, *sola.*

LAURENCIA: Amando, recelar daño en lo
                                        [amado,
2160   nueva pena de amor se
                                        [considera,
                   que quien en lo que ama daño
                                        [espera,
                   aumenta en el temor nuevo
                                        [cuidado.
                   El firme pensamiento
                                        [desvelado,
                   si le aflige el temor, fácil se
                                        [altera,
2165   que no es, a firme fe, pena ligera
                   ver llevar el temor, el bien
                                        [robado.
                   Mi esposo adoro; la ocasión
                                        [que veo
                   al temor de su daño me condena,
                   si no le ayuda la felice[47] suerte.   [47] Feliz.
2170   Al bien suyo se inclina mi
                                        [deseo:
                   si está presente, está cierta mi
                                        [pena;
                   si está en ausencia, está cierta mi
                                        [muerte.

Sale FRONDOSO.

FRONDOSO: ¡Mi Laurencia!
LAURENCIA: ¡Esposo
                                        [amado!
                   ¿Cómo estar aquí te atreves?
2175 FRONDOSO: ¿Esas resistencias debes
                   a mi amoroso cuidado?
LAURENCIA: Mi bien, procura guardarte,
                   porque tu daño recelo.

FRONDOSO:	No quiera, Laurencia, el cielo
	que tal llegue a disgustarte. 2180
LAURENCIA:	¿No temes ver el rigor
	que por los demás sucede,
	y el furor con que procede
	aqueste pesquisidor?
	Procura guardar la vida. 2185
	Huye, tu daño no esperes.
FRONDOSO:	¿Cómo? ¿Que procure quieres
	cosa tan mal recebida[47bis]?
	¿Es bien que los demás deje
	en el peligro presente, 2190
	y de tu vista me ausente?
	No me mandes que me aleje
	porque no es puesto en razón
	que, por evitar mi daño,
	sea con mi sangre extraño 2195
	en tan terrible ocasión.

Voces dentro.

Voces parece que he oído;
y son, si yo mal no siento,
de alguno que dan tormento▼.
Oye con atento oído. 2200

Dice dentro el JUEZ *y responden.*

JUEZ:	Decid la verdad, buen viejo.
FRONDOSO:	Un viejo, Laurencia mía,
	atormentan.
LAURENCIA:	¡Qué porfía!
ESTEBAN:	Déjenme un poco.

‖‖‖

▼ El hecho de que el tormento fuese de uso habitual en todos los tribunales de justicia en el siglo XVII hace que tal exclamación no tenga otro valor que el de indicar que los acusados estaban prestando declaración.

JUEZ:	Ya os dejo.
2205	Decid, ¿quién mató a [Fernando▾?
ESTEBAN:	Fuente Ovejuna lo hizo.
LAURENCIA:	Tu nombre, padre, eternizo.
FRONDOSO:	¡Bravo caso!
JUEZ:	¡Ese muchacho!
	¡Aprieta, perro! Yo sé
2210	que lo sabes. ¡Di quién fue!
	¿Callas? ¡Aprieta, borracho!
NIÑO:	Fuente Ovejuna, señor.
JUEZ:	¡Por vida del Rey, villanos,
	que os ahorque con mis manos!
2215	¿Quién mató al Comendador?
FRONDOSO:	¡Que a un niño le den [tormento,
	y niegue de aquesta suerte!
LAURENCIA:	¡Bravo pueblo!
FRONDOSO:	Bravo y fuerte.
JUEZ:	¡Esa mujer! Al momento
2220	en ese potro[48] tened.
	Dale esa mancuerda[49] luego.
LAURENCIA:	Ya está de cólera ciego.
JUEZ:	¡Que os he de matar, creed,
	en este potro, villanos!
2225	¿Quién mató al Comendador?
PASCUALA:	Fuente Ovejuna, señor.
JUEZ:	¡Dale!
FRONDOSO:	Pensamientos vanos.
LAURENCIA:	Pascuala niega, Frondoso.
FRONDOSO:	Niegan niños; ¿qué te espantas?
2230 JUEZ:	Parece que los encantas.
	¡Aprieta!
PASCUALA:	¡Ay, cielo piadoso!
JUEZ:	¡Aprieta, infame! ¿Estás [sordo?
PASCUALA:	Fuente Ovejuna lo hizo.

[48] Instrumento de tortura.

[49] Tormento que consistía en apretar constantemente las ligaduras que oprimían al acusado.

▾ Fernán[do] Gómez de Guzmán era el nombre del comendador de Fuente Ovejuna.

JUEZ:	¡Traedme aquél más rollizo...!,
	¡ese desnudo, ese gordo! 2235
LAURENCIA:	¡Pobre Mengo! Él es, sin duda.
FRONDOSO:	Temo que ha de confesar.
MENGO:	¡Ay, ay!
JUEZ:	Comienza a apretar.
MENGO:	¡Ay!
JUEZ:	¿Es menester ayuda?
MENGO:	¡Ay, ay!
JUEZ:	¿Quién mató, villano, 2240
	al señor Comendador?
MENGO:	¡Ay, yo lo diré, señor!
JUEZ:	Afloja un poco la mano.
FRONDOSO:	Él confiesa.
JUEZ:	Al palo aplica
	la espalda.
MENGO:	Quedo⁵⁰, que yo 2245
	lo diré.
JUEZ:	¿Quién le mató?
MENGO:	Señor, Fuente Ovejunica ▾.
JUEZ:	¿Hay tan gran bellaquería?
	Del dolor se están burlando;
	en quien estaba esperando, 2250
	niega con mayor porfía.
	Dejaldos⁵¹, que estoy cansado.
FRONDOSO:	¡Oh, Mengo, bien te haga Dios!
	Temor que tuve de dos,
	el tuyo me le ha quitado. 2255

Salen con MENGO, BARRILDO *y el* REGIDOR.

BARRILDO:	¡Vítor⁵², Mengo!
REGIDOR:	Y con razón.
BARRILDO:	¡Mengo, vítor!
FRONDOSO:	Eso digo.

⁵⁰ Quieto, tranquilo.

⁵¹ Dejadlos.

⁵² ¡Bravo!

IIIIIIIIIIIIIIIIIIIIIIIIIIIIIIIIIIIIIIIIIIIIIIIIIIIIIIIIIIIIIIIIIIIIIIIIIIIIIIIIIIIIIIIIIIIIIIIIIIIIIIIIIIIIIIIIIIIIIIIIIIIIIIII

▾ El diminutivo afectivo del nombre de la villa tiene también un claro sentido burlesco, que enlaza con el desarrollo de los acontecimientos, ya que, por otro lado, cuando parecía que iba a confesar se vuelve a ratificar en su posición anterior.

MENGO:	¡Ay, ay!
BARRILDO:	Toma, bebe, amigo. Come.
MENGO:	¡Ay, ay! ¿Qué es?
BARRILDO:	Diacitrón[53].
MENGO:	¡Ay, ay!
2260 FRONDOSO:	Echa de beber.
BARRILDO:	Ya va.
FRONDOSO:	Bien lo cuela. Bueno está.
LAURENCIA:	Dale otra vez a comer.
MENGO:	¡Ay, ay!
BARRILDO:	Esta va por mí.
2265 LAURENCIA:	Solenemente[54] lo embebe.
FRONDOSO:	El que bien niega, bien bebe.
BARRILDO:	¿Quieres otra?
MENGO:	¡Ay, ay! Sí, sí.
FRONDOSO:	Bebe, que bien lo mereces.
LAURENCIA:	A vez por vuelta las cuela▼.
2270 FRONDOSO:	Arrópale, que se hiela.
BARRILDO:	¿Quieres más?
MENGO:	Sí, otras tres veces. ¡Ay, ay!
FRONDOSO:	Si hay vino pregunta.
BARRILDO:	Sí hay. Bebe a tu placer, que quien niega, ha de beber. ¿Qué tiene?
2275 MENGO:	Una cierta punta[55]. Vamos, que me arromadizo[56].

[53] Confitura de cidra, fruto parecido al limón.

[54] Solemnemente.

[55] Amargura.

[56] Acatarro.

▼ Quiere decir Laurencia que Mengo bebía tantas veces como número de vueltas había recibido en el potro.

FRONDOSO: Que lea[57], que éste es mejor.
            ¿Quién mató al Comendador?
MENGO: Fuente Ovejunica lo hizo.

Vanse.

2280
FRONDOSO: Justo es que honores le den.
            Pero decidme, mi amor,
            ¿quién mató al Comendador?
LAURENCIA: Fuente Ovejuna, mi bien.
FRONDOSO: ¿Quién le mató?
LAURENCIA: ¡Dasme[58]
                                  [espanto!
2285   Pues Fuente Ovejuna fue.
FRONDOSO: Y yo, ¿con qué te maté?
LAURENCIA: ¿Con qué? Con quererte tanto.

[57] Las versiones de Américo Castro y de Entrambasaguas ofrecen *beba.* Sin embargo, tanto la edición A, como la B, escriben *lea.* López Estrada lo explica como intencionalidad humorística al pasarle la botella por delante de la cara, «que lea, que éste es mejor», como *que vea que éste es mejor.*

[58] Me das.

COMENTARIO 5 (Versos 2159-2172)

▶ *¿Qué clase de poema constituyen los versos de este monólogo?*

▶ *Según Lope, ¿para qué ocasiones era adecuada esta forma poética?*

▶ *¿Qué sentido tienen los monólogos en el teatro?*

▶ *¿A qué nivel del lenguaje pertenece el de este fragmento?*

▶ *¿Existe algún tipo de relación entre las formas métricas y los niveles de lenguaje? Razónese la respuesta.*

▶ *Señálense las causas que motivan la diferencia existente entre el lenguaje de Laurencia a lo largo de la obra y el de los restantes vecinos de Fuente Ovejuna.*

▶ *Relaciónese este fragmento con el resto de la poesía que sobre el mismo tema general escribe Lope de Vega.*

[HABITACIÓN DE LA REINA]

Vanse, y salen el REY *y la* REINA *y* MANRIQUE.

ISABEL:	No entendí, señor, hallaros
	aquí, y es buena mi suerte.
REY:	En nueva gloria convierte 2290
	mi vista el bien de miraros.
	Iba a Portugal de paso,
	y llegar aquí fue fuerza.
ISABEL:	Vuestra Majestad le tuerza,
	siendo conveniente el caso. 2295
REY:	¿Cómo dejáis a Castilla?
ISABEL:	En paz queda, quieta y llana.
REY:	Siendo vos la que la allana,
	no lo tengo a maravilla.

Sale DON MANRIQUE.

MANRIQUE:	Para ver vuestra presencia 2300
	el Maestre de Calatrava,
	que aquí de llegar acaba,
	pide que le deis licencia.
ISABEL:	Verle tenía deseado[59].
MANRIQUE:	Mi fe, señora, os empeño, 2305
	que, aunque es en edad
	[pequeño,
	es valeroso soldado.

Sale EL MAESTRE.

MAESTRE:	Rodrigo Téllez Girón,
	que de loaros no acaba,
	Maestre de Calatrava, 2310
	os pide humilde perdón.
	Confieso que fui engañado,
	y que excedí de lo justo
	en cosas de vuestro gusto,
	como mal aconsejado. 2315

[59] La diferencia entre los verbos *haber* y *tener* se irá delimitando a lo largo del Siglo de Oro, ya que a comienzos del XVI eran virtuales sinónimos.

El consejo de Fernando,
y el interés, me engañó,
injusto fiel; y ansí yo
perdón humilde os demando▼.

2320   Y si recebir merezco
esta merced que suplico,
desde aquí me certifico
en que a serviros me ofrezco.
Y que en aquesta jornada
2325   de Granada, adonde vais,
os prometo que veáis
el valor que hay en mi espada;
donde, sacándola apenas,
dándoles fieras congojas,
2330   plantaré mis cruces rojas
sobre sus altas almenas.
Y más, quinientos soldados
en serviros emplearé,
junto con la firma y fe
2335   de en mi vida disgustaros.

REY: Alzad, Maestre, del suelo,
que siempre que hayáis venido,
seréis muy bien recebido.

MAESTRE: Sois de afligidos consuelo.

2340 ISABEL: Vos, con valor peregrino[60],
sabéis bien decir y hacer.

MAESTRE: Vois sois una bella Ester[61],
y vos, un Jerjes[62] divino.

Sale MANRIQUE.

---

[60] Extraño.

[61] Mujer bíblica, famosa por su belleza y por la protección que dio a su pueblo.

[62] Rey de Persia y esposo de Ester.

▼ Coincide esta actitud con la ya comentada al principio de la obra sobre el deseo de disculpa de Rodrigo Téllez Girón, gran maestre de la Orden de Calatrava, cuyas culpas se deberían a malos consejeros (recordemos su juventud). En este caso Lope, que sigue la *Crónica* de Radas, no se ajusta a la historia de los acontecimientos, pues en la guerra de sucesión entre Juana la Beltraneja e Isabel la Católica, paradójicamente, el comendador Fernán Gómez de Guzmán abrazó la causa de Isabel I.

Manrique:	Señor, el pesquisidor
	que a Fuente Ovejuna ha ido, 2345
	con el despacho ha venido
	a verse ante tu valor.
Rey:	Sed juez de estos agresores.
Maestre:	Si a vos, señor, no mirara,
	sin duda les enseñara 2350
	a matar comendadores.
Rey:	Eso ya no os toca a vos.
Isabel:	Yo confieso que he de ver
	el cargo en vuestro poder,
	si me lo concede Dios. 2355

Sale el Juez.

Juez:	A Fuente Ovejuna fui▼
	de la suerte que has mandado,
	y con especial cuidado
	y diligencia asistí.
	Haciendo averiguación 2360
	del cometido delito,
	una hoja no se ha escrito
	que sea en comprobación;
	porque, conformes a una,
	con un valeroso pecho, 2365
	en pidiendo quién lo ha hecho,
	responden: Fuente Ovejuna.
	Trecientos he atormentado
	con no pequeño rigor,
	y te prometo, señor, 2370
	que más que esto no he sacado.
	Hasta niños de diez años
	al potro arrimé, y no ha sido
	posible haberlo inquirido
	ni por halagos ni engaños. 2375

▼ Las palabras del juez reflejan la postura circunstancial, de puro trámite, indicando la propuesta del perdón.

Y pues tan mal se acómoda
el poderlo averiguar,
o los has de perdonar
o matar la villa toda.

2380   Todos vienen ante ti
para más certificarte;
dellos podrás informarte.

REY: Que entren, pues vienen, les di▼.

Salen los dos ALCALDES, FRONDOSO, *las mujeres*
y los villanos que quisieren.

LAURENCIA: ¿Aquestos los Reyes son?
2385 FRONDOSO: Y en Castilla poderosos.

LAURENCIA: Por mi fe, que son hermosos:
¡bendígalos San Antón!

ISABEL: ¿Los agresores son éstos?

ALCALDE: Fuente Ovejuna, señora,
2390 ESTEBAN: que humildes llegan agora
para serviros dispuestos.

La sobrada tiranía
y el insufrible rigor
del muerto Comendador,

2395   que mil insultos hacía,
          fue el autor de tanto daño.
Las haciendas nos robaba
y las doncellas forzaba,
siendo de piedad extraño[63].   [63] Ajeno a la piedad.

2400 FRONDOSO: Tanto, que aquesta zagala
que el cielo me ha concedido,
en que tan dichoso he sido
que nadie en dicha me iguala,
          cuando conmigo casó,
2405   aquella noche primera,
mejor que si suya fuera,
a su casa la llevó.

▼ El rey no se puede negar a recibir a los vasallos que vienen a implorarle
justicia.

Y a no saberse guardar
ella, que en virtud florece,
ya manifiesto parece   2410
lo que pudiera pasar.

MENGO: ¿No es ya tiempo que hable
[yo?
Si me dais licencia, entiendo
que os admiraréis, sabiendo
del modo que me trató.   2415
Porque quise defender
una moza, de su gente
que, con término insolente,
fuerza la querían hacer,
aquel perverso Nerón[64]   2420
de manera me ha tratado,
que el reverso[65] me ha dejado
como rueda de salmón.
Tocaron mis atabales
tres hombres con tal porfía,   2425
que aún pienso que todavía
me duran los cardenales.
Gasté en este mal prolijo,
porque el cuero[66] se me curta,
polvos de arrayán[67] y murta[68],   2430
más que vale mi cortijo[69].

ALCALDE: Señor, tuyos ser queremos.
ESTEBAN: Rey nuestro eres natural,
y con título de tal
ya tus armas puesto habemos.   2435
Esperamos tu clemencia,
y que veas, esperamos,
que en este caso te damos
por abono[70] la inocencia.

REY: Pues no puede averiguarse   2440
el suceso por escrito,
aunque fue grave el delito,
por fuerza ha de perdonarse.
Y la villa es bien se quede
en mí, pues de mí se vale,   2445
hasta ver si acaso sale
comendador que la herede.

---

[64] Emperador romano del siglo I después de Cristo que ordenó una de las persecuciones contra los cristianos y a quien se acusaba de haber incendiado Roma.

[65] Eufemísticamente se refiere a las nalgas, y alude a los azotes que recibió.

[66] Piel.

[67] Arbusto oloroso que se empleaba con fines medicinales.

[68] Arrayán pequeño.

[69] Finca agrícola. También se da del mismo nombre al edificio destinado a vivienda, tanto sea del propietario como de los trabajadores, enclavado en dicha finca. En el texto hemos de entenderlo como alusión a la riqueza, al patrimonio de Mengo, que no es otro que su propio cuerpo.

[70] Pago, indemnización.

FRONDOSO: Su Majestad habla, en fin,
como quien tanto ha acertado.
2450   Y aquí, discreto senado▼,
Fuente Ovejuna da fin.

FINIS

▼ Las obras de teatro solían terminar anunciando el fin a los espectadores y apelando a su benevolencia, para lo que no se solían escatimar adulaciones.

APÉNDICE

ESTUDIO DE LA OBRA

Historia de la obra

Esta obra, que indiscutiblemente es hoy una de las más conocidas de su autor, no debió de alcanzar un gran éxito en su tiempo, ya que son escasas las noticias que de ella han dado los coetáneos, así como el número de sus copias manuscritas. En éstas se basaban las compañías teatrales para preparar el montaje de sus espectáculos, pues en el siglo XVII los dramaturgos, al escribir una comedia, la vendían a un director (empresario lo llamaríamos hoy) para que la representase; sólo con posterioridad agrupaban lo que habían ido escribiendo y lo enviaban a la imprenta (si no lo había hecho ya un comediante por su cuenta), lo que motivaba el que, por regla general, se fuese publicando como «partes» de la producción de su autor, con la indicación en

la portada del ordinal correspondiente. Y así, hasta la
Dozena parte de las comedias de Lope de Vega Carpio,
de 1619, no aparecerá impresa *Fuente Ovejuna*.

No conocemos el año exacto de su composición, pero
debió tener lugar no muchos antes del ya citado 1619,
ya que, por un lado, denota innegable madurez por
parte del Fénix y, por otro, él mismo no la cita en la
lista de sus comedias, que incluye —en 1604— en *El
peregrino en su patria*, lo que nos pone de manifiesto
que, salvo olvido extraño, es posterior a tal momento.

Menéndez Pelayo la considera «una de las obras más
admirables de Lope», pese a lo cual no ha alcanzado
una amplia difusión en España hasta el siglo XX, pues
en el XIX sólo se publicó formando parte del conjunto
del teatro de Lope de Vega. Sin embargo, en el extran-
jero, sí comenzó a divulgarse durante el siglo pasado,
más por motivaciones políticas que por interés puramente literario, pues se interpretó como simple muestra de un levantamiento popular contra el poder.

Todo ello nos conduce al problema de su interpretación, para lo que precisamos detenernos previamente
en el análisis temático.

Tema

El drama que analizamos se basa en un acontecimiento rigurosamente histórico, cual fue la sublevación del
pueblo de *Fuente Ovejuna*, llevada a cabo el 23 de abril
de 1476. Por ello es imprescindible detenerse en las circunstancias históricas que lo provocaron, ya que sólo
así podrá comprenderse el hecho y la dimensión que
le diera su autor.

Circunstancias como ésta hemos de enmarcarlas en el
clima de constante hostigamiento hacia la Corona que

por parte de la nobleza se vivió durante los tres primeros tercios del siglo XV, y cuyos más conocidos expo-
nentes pueden ser la batalla de Olmedo e, incluso, el
posterior decapitamiento de don Álvaro de Luna,
quien poco antes había conducido a la victoria sobre
la nobleza a las tropas de Juan II.

Para comprender tal panorama baste considerar que
las Cortes de Valladolid de 1442 reconocen el derecho
a la insurrección por parte de las villas que, siendo rea-
lengos, fuesen cedidas por el rey a un noble.

Este ambiente se agrava durante el reinado de Enrique
IV, debido, sobre todo, a la falta de voluntad y carácter
del monarca. Y así es como el rey concede, en 1464,
Fuente Ovejuna, que era aldea de Córdoba, a don Pedro Girón, maestre de Calatrava, tanto como pago de
favores recibidos como por temor a su enemistad. Ante
las reclamaciones de Córdoba, Enrique IV anula su orden e, incluso, invoca el derecho a la rebelión que, de
acuerdo con la citada disposición de 1442, asistía a los
vecinos que no quisiesen admitir el nuevo señorío y au-
toriza a Córdoba para que recupere el lugar por medio
de las armas.

El enfrentamiento armado no fue necesario porque aún
no se había separado la villa, pero se creó un orde-
namiento jurídico que permitiría después resistir y
oponerse a las exigencias del maestre de Calatrava.

Al morir el rey en 1474, como era previsible y de te-
mer, dejó abierta la puerta a la guerra civil entre quienes tomaron el partido de su hermana, doña Isabel, y
los que tomaron el de su discutida hija, doña Juana,
a quien conocemos como la Beltraneja y cuya causa es-
tuvo sostenida por el rey don Alfonso de Portugal. Entre los partidarios de esta última hay que contar a la
mayor parte de la orden de Calatrava.

Tal confusionismo permitió que el comendador mayor, Fernán Gómez de Guzmán, se apoderase de Fuente Ovejuna, lo que provocará nuevas reclamaciones de Córdoba ante la Corona, ahora ya ciñendo las sienes de los Reyes Católicos, quienes autorizan de nuevo a la ciudad para que recupere su aldea, lo que nos evidencia la gestación del levantamiento, del que afirma Ramírez Arellano: «Es indudable que no sólo el impulso y la sugestión partieron de Córdoba, sino que los que embistieron la casa de la encomienda debieron ser hombres de armas de la ciudad, porque si el comendador tenía allí tantos soldados, no hubieran podido atacarle por sí solos los vecinos pacíficos.» De este modo, comprobamos que los hechos estuvieron fomentados desde fuera de la villa, sin que ello se oponga, en modo alguno, al deseo de los naturales de vengarse de ciertas afrentas del comendador, así como de su deseo de librarse del vasallaje a la orden de Calatrava.

Hasta aquí lo que conocemos de la historia.

¿Cómo se reflejó en la literatura?

La versión que Lope nos ofrece de los hechos no se ajusta con demasiada fidelidad a lo que ocurrió en la aldea cordobesa, aunque, por supuesto, coincide en lo esencial. Ello se debe a que, por un lado, la obra se escribe casi un siglo y medio después de los acontecimientos, lo que sólo le permitirá tener un conocimiento bastante indirecto de ellos, y, por otro, que lo que pretende el autor no es tanto una información histórica cuanto el ofrecer materia de reflexión. Por todo ello, cabe preguntarnos: ¿con qué finalidad escribe Lope *Fuente Ovejuna?*, ¿qué ideas quería transmitir a los espectadores? A tales preguntas intentaremos responder en las líneas que siguen.

La lectura de la obra nos pone de manifiesto, desde el principio, el ambiente de total insubordinación a la

Corona en que vivía gran parte de la nobleza; los desmanes que sobre los villanos podían realizar algunos nobles apoyados en su fuerza; el deseo popular de que esa fuerza se emplease en una causa de índole nacional, como era la lucha con los moros; el desamparo en que podía quedar la aldea que no dependiese directamente del rey; la justificación de la venganza como un acto de justicia y el sometimiento del pueblo a la autoridad real, así como la magnanimidad del monarca.

Éstas creo que son las ideas fundamentales que se van desarrollando a lo largo de los versos de Lope, y para comprenderlas, aparte del conocimiento de la segunda mitad del siglo XV —con las luchas nobiliarias del reinado de Enrique IV y con la creación de un nuevo orden político con los Reyes Católicos—, es necesario tener en cuenta determinados aspectos éticos y sociales de la Edad Media y su pervivencia en el siglo XVII, así como los componentes del público que asistía al teatro y que ya hemos esbozado en la *introducción*.

Elementos esenciales

La continuada lucha que se mantiene durante todo el medievo, y que conocemos como Reconquista, creó un clima épico que propiciaría la capacidad de decisión, la exigencia del valor y de la dignificación del individuo, así como el culto al honor que todo esto conllevaba.

El que virtualmente fuesen simultáneos el final de la Reconquista y el inicio de la conquista americana, favoreció la continuidad de la vigencia de tales conceptos durante los siglos XVI y XVII, incluso conservando el mismo sentido de defensa religiosa, debido al papel de inequívoco adalid del catolicismo mantenido por España frente a la reforma luterana. De este modo, la

literatura del Siglo de Oro nos ofrecerá actitudes e ideas
inexistentes en las coetáneas de otros países europeos.
Tal es lo que ocurre con el tema del honor.

En primer lugar, lo que por tal concepto entienden los
españoles del periodo áureo no es equiparable al «buen
renombre» de los franceses, sino que, enraizado en un
contexto social de tipo germánico, era patrimonio imprescindible de una sociedad épica. Idea que se encuentra perfectamente reflejada por L. Pfandl al escribir:
«No quiere esto decir que el español de los siglos XVI
y XVII tuviese un doble concepto del honor: uno para
la propia conciencia y otro para los demás; no; el honor era para todo bien nacido como una virtud de orden interior, espiritual: era la dignidad consciente con
que cada cual podía presentarse sin tacha ni menosca-
bo ante Dios, ante sí mismo y ante sus semejantes.»

Menéndez Pidal señaló cómo según las *Partidas*, coin-
cidiendo con la filosofía de santo Tomás, el honor era
loor, reverencia o consideración que el hombre gana
por su virtud o buenos hechos. Tal enfoque, aparte de
lo dicho en párrafos anteriores, podía mantenerse plenamente vigente en el siglo XVII al coincidir con uno
de los conceptos básicos del mundo contrarreformista;
la fe sin obras, es fe muerta; el «obras quiere el Señor»,
de Santa Teresa, y que encontraremos absolutamente
en todos nuestros clásicos. Obras, que, por otro lado,
son consecuencia de la libertad de elección del individuo; es el libre albedrío del catolicismo con la consiguiente responsabilidad de lo realizado.

Este inexcusable deber del honor exige también la obli-
gatoriedad de la venganza sobre el agresor, circunstancia defendida también por los moralistas. Y la venganza, que no era gozosa, sino doloroso deber, había de co-
rresponder al modo de la afrenta. De tal manera, que
si la agresión había sido pública, pública debía ser la
venganza.

Por supuesto, que no es Lope el creador de esta temática, sino que se trataba de un sentimiento perfectamente asumido y compartido por todos sus espectadores. En lo que sí estriba la originalidad de nuestro escritor es en llevar a la escena —luego le seguirá en esto Calderón (recordemos *El alcalde de Zalamea*)— la defensa del honor en los villanos, proclamando así que no se trataba de un patrimonio de la aristocracia sino de todo ser libre. Tal será el eje dramático de *Peribáñez*, de *El mejor alcalde, el rey*, de su versión de *El alcalde de Zalamea*, de *Ya anda la de Mazagatos*, de *El labrador del Tormes*, entre otras más, y, por supuesto, de *Fuente Ovejuna*.

Otro aspecto temático tampoco creado por Lope, pero que éste sabrá tratar con verdadero donaire, es el tema campesino, que si por un lado coincide con el gusto ambiental por la novela pastoril, por otro enlaza con los rústicos pastores y aldeanos del primitivo teatro de Lope de Rueda.

Consecuencia de este mundo rural será la utilización de refranes, así como de formas léxicas que procuran hacer más verosímilmente rústica el habla de algunos de los personajes. Y, sobre todo, a este ambiente responderá la presencia de determinadas canciones, hecho muy frecuente en Lope, y de las que en esta obra destacará la de las bodas de Laurencia y Frondoso, «Al val de Fuente Ovejuna» (versos 1.546-1.569), estudiada por López Estrada.

Según él, la canción fue compuesta intencionadamente para este pasaje, y la alusión en tal momento al comendador (de lógica impertinencia) se debe al deseo de advertir a los novios de los peligros que corren.

Desde el punto de vista formal, sigue la corriente tradicional, aunque ello no es obstáculo para que ofrezca una evidente intención artística, para cuya valoración es preciso considerar el efecto que causase en el ambiente lírico que en ese instante vivían los espectadores.

Respecto a su interpretación, los versos del romance serían cantados por el coro de la propia compañía, mientras que un grupo bailaría en el escenario, integrándose en esta escena la seguidilla.

Innegable origen medieval encontramos en la canción con la que se da la bienvenida al comendador cuando regresa victorioso de la conquista de Ciudad Real, y no de vencer a los moros, como afirman los músicos.

Tratamiento literario del tema

Covarrubias, tanto en sus *Emblemas morales* (1610) como en su *Tesoro de la lengua castellana o española* (1611), recoge la alusión a Fuente Ovejuna como indicadora de un quehacer colectivo, lo que pone de manifiesto que se trataba de un hecho histórico perfectamente conocido. Sin embargo, Lope se debió ilustrar en la *Crónica,* de frey Francisco de Radas y Andrade (1595), a quien sigue con bastante fidelidad en el desarrollo de la acción, añadiendo sólo los detalles anecdóticos precisos para dotar de amenidad la obra.

Pero el cotejo de la versión de Radas con la que ofrece Alonso Fernández de Palencia, coetáneo al hecho de armas, en su *Gesta hispaniensia,* traducida al español a principios de nuestro siglo por don Antonio Paz y Melia, con el título de *Crónica de Enrique IV,* evidencia ciertas desviaciones de la realidad histórica, que ya fueron señaladas por el investigador norteamericano C. E. Aníbal. En tal sentido, resulta interesantísimo considerar que Fernán Gómez de Guzmán, en la guerra de sucesión, tras la muerte de Enrique IV, tomó el partido de Isabel la Católica, lo que echa por tierra la teoría de quienes han pretendido interpretar la benevolen-

cia de los reyes con los villanos sublevados como una
especie de pago indirecto por haber atacado a un noble del bando de doña Juana.

Otra obra centrada en el mismo tema, aunque no apor-
ta ninguna novedad, ya que se trata de una refundi-
ción de la de Lope de Vega, es la que con el mismo título, *Fuente Ovejuna,* publicó el dramaturgo sevilla-
no Cristóbal de Monroy, quien sólo alcanzará una sen-
siblemente inferior intensidad dramática.

La lengua

Desde el punto de vista estilístico, la lengua literaria
del siglo XVII ofrecerá sensibles cambios respecto a la
de la centuria anterior, pues frente al gusto por la na-
turalidad —manifestada en el «sin afectación escribo
como hablo», de Juan de Valdés— el gusto por el lu-
cimiento propio del barroco favorecerá la intensa utilización de cultismos, sinestesias, hipérbatos, etc. No
obstante, Lope, que pertenece a la misma generación
de Góngora, en su afán porque el público de sus comedias se sintiese identificado con los personajes que
aparecían en la escena, evitará el lenguaje de los cul-
tos. Y así, a la vez que utilizaba variadísimas formas
métricas, recurre al empleo intenso de voces, giros y recursos propios del habla de un grupo social o de una
época ya pasada. En este sentido, *Fuente Ovejuna,* basada en un tema medieval, ofrecerá frecuentes arcaís-
mos y, al desarrollarse en una aldea y ser rústicos sus
personajes, encerrará también gran número de rusticis-
mos que no pueden por menos de recordar los *pasos*
con pastores de Lope de Rueda.

Desde el punto de vista fonético, Lope mantendrá con
frecuencia la vacilación de timbre entre las vocales átonas; simplificará los grupos consonánticos latinos; rea-

lizará metátesis entre la consonante desinencial de las
formas verbales y la *l* del pronombre cuando lo lleva
enclítico; mantiene la persona vos del pretérito, deri-
vada de la desinencia latina *-s t i s,* etc. Características,
todas ellas, propias del habla vulgar.

Personajes

Fuente Ovejuna, dentro del teatro de Lope, es una de
las obras en las que mayor número de personajes intervienen, por lo que ha de quedar forzosamente des-
bordado el esquema que en la *introducción* ofrecimos
respecto a ese capítulo de la dramaturgia lopista.

Se ha dicho en reiteradas ocasiones, incluso, que el verdadero personaje de esta obra es el pueblo, lo que no
impide que, pese a las peculiaridades evidentes, poda-
mos establecer las siguientes correspondencias entre los
nombres con más entidad individual de *Fuente Ovejuna* y las funciones de los tipos comunes al resto de la
producción dramática del autor.

Fernán Gómez, comendador de la orden de Calatrava, será el exponente del *poderoso.* En efecto, pertenece a familia aristocrática (recordemos la ostentación
con la que al principio de la obra se dirige a Flores
mientras esperaba ser recibido por el maestre en Almagro); tiene considerable poder, y lo usa al servicio de
sus pasiones y caprichos (son incontables las muestras
que de ello nos ofrece el drama); desprecia los derechos
y la dignidad de sus propios vasallos, a cuyas manos
morirá como castigo.

Laurencia es la *dama,* bella, guardiana de su honor y
enamorada. No obstante, carece de la delicadeza y fe-
mineidad de la mayor parte de las damas del resto del
teatro de Lope.

PASCUALA es la *amiga,* compañera y, por tanto, confidente de la *dama,* por lo que su función viene a ser la que en otras obras desempeña la *criada.*

FRONDOSO, aunque valiente y enamorado, tampoco se ajusta plenamente al prototipo del *galán,* aunque se corresponde con tal papel.

MENGO es el hombre timorato, de aspecto bufonesco (varias veces se alude humorísticamente a su gordura), se convierte en el *gracioso.*

DON FERNANDO y DOÑA ISABEL comparten conjuntamente poder y responsabilidades en sus respectivos reinos, como evidenciaba el lema que para su escudo ideó Nebrija, *Tanto Monta.* Por ello, en ocasiones intervienen los dos y otras veces lo hará sólo uno de ellos; en cualquier caso, su función es la propia del *rey* típico en Lope: juez, generoso, amparador de sus vasallos y prudente.

El resto de los personajes suele utilizarse para completar el cuadro del conjunto. Todos ellos aparecen sin ningún tipo de alusiones a sus rasgos físicos, sin ninguna individualización, por tanto, lo que demuestra bien a las claras que lo que interesa es la función que han de cumplir y no su concreción.

Cuanto acabamos de exponer viene a constituir la confirmación de hasta qué extremo lo que a Lope interesaba más en el teatro era el desarrollo de la acción y no la personificación.

BIBLIOGRAFÍA

ALMASOV, C. E.: «*Fuente Ovejuna* y el honor villanesco en el teatro de Lope de Vega», *Cuadernos Hispanoamericanos*, 161-162, 1963, págs. 701-755.
(Valiosa síntesis interpretativa de la obra.)

ENTRAMBASAGUAS PEÑA, Joaquín: *Estudios sobre Lope de Vega*, Ed. CSIC, Madrid (1946-1958), 3 vols.
(Imprescindible para conocer las polémicas entre las que vivió Lope.)

FROLDI, Rinaldo: *Lope de Vega y la formación de la comedia*, Ed. Anaya, Madrid (1973)².
(Análisis del panorama teatral inmediatamente anterior y posterior a Lope.)

LÁZARO CARRETER, Fernando: *Lope de Vega. Introducción a su vida y obra*, Ed. Anaya, Salamanca (1966).
(Estudio conjunto de los dos aspectos del escritor.)